»Meine Mutter starb in dem Augenblick, als ich geboren wurde, und so stand mein ganzes Leben lang nichts zwischen mir und der Ewigkeit; in meinem Rücken war immer ein kalter Wind.« So beginnt der eindrucksvolle Bericht einer Frau, deren ganzes Leben durch menschliche Verluste und Enttäuschungen geprägt ist.

Der Vater überläßt den Säugling seiner Waschfrau und holt das Kind erst nach Jahren wieder zu sich. Er gibt ihr nur eine Lehre mit auf den Weg: Sie soll niemandem trauen. Schon gar nicht denen, die genauso unterdrückt werden wie sie selbst. Als Xuela vierzehn ist, wird sie zu einem Freund des Vaters gegeben. Er verführt sie, und sie wird schwanger. Doch sie will dieses Kind nicht austragen, sie will sich nicht verlieben, sie will nie abhängig werden.

Mit eindringlicher Stimme erzählt die schwarze Frau ihr Leben – ohne etwas zu beschönigen, ohne Selbstmitleid. Diese Lebensgeschichte ist untrennbar mit der Geschichte der karibischen Inseln verbunden, über denen noch immer der Schatten der Kolonialzeit liegt. Daß diese Verheerungen bis in die einzelnen Biographien hineinreichen, zeigt Jamaica Kincaid virtuos und mit poetischer Kraft.

*Jamaica Kincaid*, 1949 in St. John auf der Karibikinsel Antigua geboren, lebt heute mit ihrer Familie in Vermont. Sie veröffentlichte bislang die Prosabände ›Nur eine kleine Insel‹ und ›Am Grund des Flusses‹ sowie die Romane ›Annie John‹ und ›Lucy‹. Im Fischer Taschenbuch Verlag liegt außerdem vor: ›Lucy‹ (Bd. 11973).

Jamaica Kincaid

# *Die Autobiographie meiner Mutter*

Roman

Aus dem Amerikanischen
von Christel Dormagen

Fischer TaschenbuchVerlag

Veröffentlicht im Fischer Taschenbuch Verlag GmbH,
Frankfurt am Main, April 1999

Lizenzausgabe mit Genehmigung des
Wolfgang Krüger Verlags, Frankfurt am Main
Die amerikanische Originalausgabe erschien 1996
unter dem Titel ›The Autobiography of My Mother‹
im Verlag Farrar, Straus & Giroux, New York

Druck und Bindung: Clausen & Bosse, Leck
Printed in Germany
ISBN 3-596-14214-8

*Für Derek Walcott*

Meine Mutter starb in dem Augenblick, als ich geboren wurde, und so stand mein ganzes Leben lang nichts zwischen mir und der Ewigkeit; in meinem Rücken war immer ein kalter, schwarzer Wind. Zu Beginn meines Lebens habe ich nicht wissen können, daß dies so sein würde; ich habe es erst in der Mitte meines Lebens begriffen, genau zu dem Zeitpunkt, als ich nicht mehr jung war und feststellte, daß ich von manchen Dingen, die ich bisher im Überfluß besessen hatte, weniger besaß und von manchen Dingen, die ich kaum je besessen hatte, mehr. Und diese Erkenntnis von Verlust und Gewinn ließ mich zurück und nach vorne schauen: An meinem Anfang war diese Frau mit einem Gesicht, das ich nie gesehen hatte, aber an meinem Ende war nichts, es war niemand zwischen mir und dem schwarzen Raum der Welt. Mir wurde nun klar, daß ich mein Leben lang an einem Abgrund gestanden hatte, daß mein Verlust mich verletzlich, hart und hilflos gemacht hatte; als ich dies begriff, wurde ich überwältigt von Traurigkeit und Scham und Selbstmitleid.

Als meine Mutter starb und mich als kleines Kind dem Angriff der ganzen Welt überließ, nahm mein Vater mich und gab mich in die Obhut der Frau, die er auch dafür bezahlte, daß sie ihm seine Wäsche wusch. Es ist möglich, daß er sie auf den Unterschied zwischen den beiden Bündeln hinwies: das eine war sein Kind, nicht sein einziges Kind auf der Welt, aber das einzige Kind mit der einzigen Frau, die er bis dahin geheiratet hatte; das andere war seine schmutzige Wäsche. Er wird das eine wohl vorsichtiger behandelt haben als das andere, er wird für den Umgang mit dem einen wohl sorgfältigere Anweisungen gegeben haben als für den mit dem anderen, er wird für das eine wohl aufmerksamere Pflege erwartet haben als für das andere, aber für welches, das weiß ich nicht, denn er war ein sehr eitler Mann, sein Äußeres war ihm sehr wichtig. Daß ich eine Last für ihn war, weiß ich; daß seine schmutzige Wäsche eine Last für ihn war, weiß ich; daß er nicht wußte, wie er selbst für mich sorgen sollte oder wie er selbst seine Wäsche waschen sollte, weiß ich.

Er hatte mit meiner Mutter in einem sehr kleinen Haus gelebt. Er war arm, aber nicht, weil er gut war; er hatte noch nicht genügend schlimme Dinge getan, um reich zu werden. Dieses Haus stand auf einem Hügel, und er war den Hügel hinabgestiegen und hatte in der einen Hand sein Kind, in der anderen seine Wäsche balanciert, und er hatte beides, Bündel und Kind, einer Frau übergeben. Sie war nicht verwandt mit ihm oder mit meiner Mutter; sie hieß Eunice Paul, und sie hatte schon sechs Kinder, das jüngste war noch ein Baby. Deshalb hatte sie in ihren Brüsten noch Milch für mich, aber in meinem Mund schmeckte sie sauer, und ich wollte sie nicht trinken. Ma Eunice wohnte in einem Haus, das weit entfernt von anderen Häusern lag, und von dort hatte man einen freien Blick auf das Meer und die Berge, und wenn ich unruhig war und keinen Trost fand, setzte sie mich in den Schatten eines Baums, und beim Anblick jenes Meeres und jener Berge, beide so mitleidlos, weinte ich bis zur Erschöpfung.

Ma Eunice war nicht unfreundlich: sie behandelte mich genauso, wie sie ihre eigenen Kinder behandelte – was aber nicht heißt, daß sie zu ihren eigenen Kindern freundlich war. An einem Ort wie diesem ist Brutalität die einzig wirkliche Erbschaft, und Grausamkeit ist manchmal das einzige, was freigebig ausgeteilt wird. Ich mochte sie nicht, und ich vermißte das Gesicht, das ich nie gesehen hatte; ich schaute über meine Schulter, um zu sehen, ob jemand kam, so als ob ich erwartete, daß jemand käme, und Ma Eunice fragte mich, wonach ich denn Ausschau hielt, anfangs meinte sie es als Scherz, aber als ich nach einiger Zeit immer noch nicht damit aufhörte, glaubte sie, ich könne Geister sehen. Ich konnte ganz und gar keine Geister sehen, ich hielt einfach nur Ausschau nach jenem Gesicht, dem Gesicht, das ich nie sehen würde, selbst wenn ich unsterblich wäre.

Ich habe diese Frau, der mein Vater mich überließ, nie lieben können, diese Frau, die nicht unfreundlich zu mir war, die aber nicht freundlich sein konnte, weil sie nicht wußte, wie – und vielleicht konnte ich sie nicht lieben, weil auch ich nicht wußte, wie. Als ich ihre Milch nicht trinken wollte und noch keine Zähne hatte, fütterte sie mich mit fester Nahrung, die durch ein Sieb gestrichen war; als ich Zähne hatte, war das erste, was ich tat, sie ihr beim Füttern in die Hand zu graben. Es entschlüpfte ihr ein leises Geräusch, eher überrascht als vor Schmerz, und sie verstand mein Tun als das, was es war – mein erster Akt der Undankbarkeit –, und die restliche Zeit, die wir noch zusammen waren, blieb sie auf der Hut vor mir.

Bis zu meinem vierten Lebensjahr sprach ich nicht. Das machte niemanden auch nur eine Minute weniger glücklich; ohnehin gab es niemanden, der sich deswegen hätte beunruhigen können. Ich wußte, daß ich sprechen konnte, doch ich wollte nicht. Ich sah meinen Vater alle vierzehn Tage, wenn er seine saubere Wäsche abholte. Er war für mich nie jemand, der meinetwegen zu Besuch kam; für mich war er jemand, der seine saubere Wäsche abholte. Wenn er kam, wurde ich zu ihm gebracht, und er fragte mich dann, wie es mir ging, aber das war eine Formalität; er rührte mich nie an und sah mir nie in die Augen. Was gab es in meinen Augen zu sehen? Eunice wusch und bügelte und faltete seine Wäsche; wie ein Geschenk war sie dann in zwei saubere Baumwolltücher eingeschlagen und lag auf einem Tisch, dem einzigen Tisch im Haus, und wartete darauf, daß er kam und sie holte. Seine Besuche waren sehr regelmäßig, und als er einmal nicht zur üblichen Zeit erschien, da fiel es mir auf. Ich sagte: »Wo ist mein Vater?«

Ich sagte das in englisch – nicht in französischem Patois oder in englischem Patois, sondern in normalem Englisch –, und das hätte das Überraschende sein sollen: nicht daß ich sprach, sondern daß ich Englisch sprach, eine Sprache, die ich nie jemanden hatte sprechen hören. Ma Eunice und ihre Kinder sprachen die Sprache von Dominica, und das ist französisches Patois, und mein Vater benutzte, wenn er zu mir sprach, auch diese Sprache, nicht weil er keine Rücksicht auf mich nahm, sondern weil er glaubte, ich verstünde nichts anderes. Aber niemand bemerkte etwas; sie staunten nur über die Tatsache, daß ich schließlich gesprochen und mich nach dem Fernbleiben meines Vaters erkundigt hatte. Daß ich meine allerersten Worte in der Sprache eines Volkes geäußert hatte, das ich nie mögen oder lieben würde, ist mir heute kein Rätsel; fast alles in meinem Leben, an das ich unauflöslich gebunden bin, ist eine Quelle des Schmerzes.

Ich war damals vier Jahre alt und sah die Welt als eine Reihe miteinander verbundener weicher Linien – wie eine Kohlezeichnung; und so sah ich, wenn mein Vater kam, um seine Wäsche abzuholen, nur, daß er plötzlich auf dem schmalen Pfad auftauchte, der von der Hauptstraße zur Tür des Hauses führte, in dem ich wohnte, und daß er, wenn er seine Angelegenheiten erledigt hatte, wieder verschwand, indem er dort, wo der Pfad mündete, in die Straße einbog. Ich wußte nicht, was jenseits des Pfades lag, ich wußte nicht, ob er, wenn er aus meinem Blickfeld verschwand, noch mein Vater war oder ob er sich danach in etwas völlig anderes verwandelte und ich ihn nie mehr in der Gestalt meines Vaters wiedersehen würde. Ich hätte das in Ordnung gefunden. Ich wäre überzeugt gewesen, daß dies der Lauf der Welt ist. Ich sprach nicht, und ich wollte nicht sprechen.

Eines Tages zerbrach ich, ohne es zu wollen, einen Teller, den einzigen Teller seiner Art, den Eunice jemals besessen hatte, einen Teller aus Knochenporzellan, und die Worte »es tut mir leid« wollten nicht über meine Lippen. Die Traurigkeit, die sie bei diesem Verlust zeigte, faszinierte mich; sie war so voller Gram, so überwältigend, so tief, als wäre ein geliebter Mensch gestorben. Sie packte den Sack, der ihr Bauch war, sie riß an ihren Haaren, sie schlug sich auf die Brust; dicke Tränen rollten ihr aus den Augen und über die Wangen, und sie flossen so reichlich, daß es mein kleines Ich nicht überrascht hätte, wenn aus ihnen, wie in der Sage oder im Märchen, eine neue Wasserquelle entsprungen wäre. Sie hatte mich wiederholt davor gewarnt, diesen Teller anzufassen, denn sie hatte gesehen, wie ich ihn mit hartnäckiger Neugier betrachtete. Immer wieder schaute ich ihn an und sann über das Bild nach, mit dem er bemalt war, ein Bild von einer weiten Wiese, auf der lauter Gras und Blumen in den zartesten Abstufungen von Gelb, Rosa, Blau und Grün zu sehen waren; am Himmel stand eine Sonne, sie schien, aber sie brannte nicht grell; die Wolken waren leicht und wie zum Schmuck darüber verstreut, nicht dick und aufgetürmt, nicht wie Vorboten dräuenden Unheils. Dieses Bild war nichts weiter als eine Wiese mit Gras und Blumen an einem sonnigen Tag, doch es strahlte etwas aus von heimlichem Überfluß, von Glück und Stille; darunter stand in goldenen Buchstaben das eine Wort HIMMEL. Natürlich war es keineswegs ein Bild vom Himmel; es war das Bild einer idealisierten englischen Landschaft, aber das wußte ich nicht, ich wußte nicht, daß es so etwas wie die englische Landschaft gab. Und ebensowenig wußte Eunice es; sie glaubte, daß dieses Bild ein Bild vom Himmel war, denn heimlich verhieß es ein Leben ohne Sorgen, Pflichten und Mangel.

Als ich den Porzellanteller zerbrach, der mit diesem

Bild bemalt war, und Ma Eunice deshalb so schrecklich weinen mußte, tat es mir nicht sofort leid, es tat mir auch nicht kurz danach leid, es tat mir erst sehr viel später leid, und da war es längst zu spät, ihr das zu sagen, sie war gestorben; vielleicht ist sie in den Himmel gekommen, und die Verheißung auf jenem Teller hat sich erfüllt. Als ich den Teller zerbrach und nicht sagen wollte, daß es mir leid tat, verfluchte sie meine tote Mutter, sie verfluchte meinen Vater, und sie verfluchte mich. Die Worte, die sie benutzte, waren ohne Bedeutung; ich verstand sie, aber sie taten mir nicht weh, denn ich liebte sie nicht. Und sie liebte mich nicht. Sie zwang mich, mit den Händen über dem Kopf und einem großen Stein in jeder Hand, auf ihrem Steinhaufen niederzuknien, der, wie es sich fügte, an einer Stelle lag, die den ganzen Tag Sonne bekam. Sie wollte, daß ich so lange in dieser Haltung aushielt, bis ich die Worte »es tut mir leid«, sagte, aber ich wollte sie nicht sagen, ich konnte sie nicht sagen. Es hatte nichts mit meinem Willen zu tun; jene Worte konnten nicht über meine Lippen kommen. Ich blieb so lange in dieser Haltung, bis sie völlig erschöpft war und aufhörte, mich und all die zu verfluchen, von denen ich abstammte.

Wieso hätte diese Strafe einen bleibenden Eindruck bei mir hinterlassen sollen, geprägt wie sie war von der Beziehung zwischen Fänger und Gefangenem, Herrn und Sklaven und geleitet von dem Motiv: die Großen und die Kleinen, die Mächtigen und die Ohnmächtigen, die Starken und die Schwachen, und das vor einem Hintergrund aus Erde, Meer und Himmel und mit Eunice, die über mir stand und sich mit jeder Silbe, die über ihre Lippen kam, in immer neue wütende, unmenschliche Dinge verwandelte – in ihrem Kleid aus dünner, schlecht gewebter Baumwolle, dessen Oberteil in Farbe und Muster überhaupt nicht zum Rock paßte, und mit ihrem ungekämmten, seit vielen Monaten ungewaschenen Haar, das sie unter einem alten Stück Stoff verborgen hatte, der noch länger nicht gewaschen worden war als ihr Haar? Das Kleid wiederum – es war einst neu und sauber gewesen, und Schmutz hatte es alt gemacht, aber Schmutz hatte es auch wieder neu gemacht, indem er ihm Schattierungen verlieh, die es vorher nicht gehabt hatte, und Schmutz würde es schließlich völlig auseinanderfallen lassen, obwohl sie keine schmutzige Frau war, sie wusch ihre Füße jeden Abend.

Der Tag war klar, es war keine Regenzeit, einige Männer warfen draußen auf dem Meer die Netze aus, aber sie fingen nicht besonders viele Fische, weil es ein klarer Tag war; und drei ihrer Kinder aßen Brot, und sie rollten das Innere des Brots zu kleinen kieselähnlichen Kugeln und bewarfen mich damit, während ich dort kniete, und lachten mich aus; und der Himmel war wolkenlos, und es ging kein Wind; eine Fliege flog vor meinem Gesicht hin und her, manchmal landete sie in meinem Mundwinkel; eine überreife Brotfrucht fiel vom Baum, und das Geräusch klang wie eine Faust, die auf den weichen, fleischigen Teil eines Körpers trifft. An all dies, all dies kann ich mich erinnern – wieso hätte sie einen bleibenden Eindruck bei mir hinterlassen sollen?

Während ich dort kniete, konnte ich drei Landschildkröten sehen, die in dem schmalen Spalt unter dem Haus ein und aus krochen, und ich verliebte mich in sie, ich wollte sie in meiner Nähe haben, ich wollte für den Rest meines Lebens jeden Tag nur mit ihnen sprechen. Lange nachdem meine Tortur beendet war – und zwar in einer Weise, die Ma Eunice nicht gefiel, da ich nicht sagte, daß es mir leid tat –, nahm ich alle drei Schildkröten und setzte sie auf ein eingezäuntes Stück Erde, wo sie nicht kommen und gehen konnten, wie es ihnen gefiel, so daß ihr Überleben vollständig von mir abhing. Ich brachte ihnen in kleinen Muschelschalen Gemüseblätter und Wasser. Ich fand sie wunderschön, ihre dunkelgrauen Panzer mit schwachen gelblichen Kringeln, ihre langen Hälse, ihre urteilslosen Augen, die langsame Entschiedenheit ihres Kriechens. Doch sie zogen sich in ihre Gehäuse zurück, wenn ich es nicht wollte, und wenn ich sie rief, kamen sie nicht heraus. Um ihnen eine Lektion zu erteilen, holte ich etwas Schlamm aus dem Flußbett und füllte damit die kleinen Löcher, aus denen immer ihre Hälse hervorkamen, und ich ließ zu, daß er trocknete. Ich bestreute den Platz, auf dem sie lebten, mit Steinen, und danach vergaß ich sie für viele Tage. Als sie mir wieder einfielen, ging ich zu dem Platz, wo ich sie zurückgelassen hatte, um nach ihnen zu schauen. Sie waren mittlerweile alle tot.

Es war der Wunsch meines Vaters, daß ich zur Schule gehen sollte. Das war ein ungewöhnliches Anliegen; Mädchen gingen nicht zur Schule, keines der Mädchen von Ma Eunice besuchte eine Schule. Ich werde nie erfahren, was ihn dazu brachte, so etwas zu tun. Ich kann mir nur vorstellen, daß er so etwas für mich wünschte, ohne besonders darüber nachzudenken, denn schließlich – was konnte eine Schulbildung jemandem wie mir schon bringen? Ich kann nur sagen, was ich nicht hatte; ich kann es nur an dem messen, was ich hatte, und im Unterschied entdecke ich das Elend. Und doch und doch ... das war der Grund dafür, daß ich zum ersten Mal sah, was hinter dem Pfad lag, der von meinem Haus wegführte. Und ich kann mich so gut erinnern, wie sich der Stoff von meinem Rock und meiner Bluse anfühlte – ganz rauh, weil er neu war. Ein grüner Rock und eine beige Bluse – eine Uniform, und in Farbe und Schnitt imitierte sie Farbe und Schnitt einer Schule, die irgendwo anders war, irgendwo weit weg; und ich trug ein Paar braune *flack* Stoffschuhe und braune Baumwollsocken, die mein Vater mir besorgt hatte, woher, wußte ich nicht. Und wenn ich erwähne, daß ich nicht wußte, woher diese Sachen kamen, wenn ich sage, daß ich mich über sie wunderte, dann will ich eigentlich sagen, daß es das erste Mal war, daß ich so etwas wie Schuhe und Socken trug, und sie machten, daß meine Füße wehtaten und anschwollen, und ich kriegte Blasen, die aufplatzten, aber man zwang mich, sie so lange zu tragen, bis meine Füße sich an sie gewöhnt hätten, und das taten meine Füße – wie alles an mir. Jener Morgen war ein Morgen wie jeder andere, so normal, daß er schon besonders war: an manchen Stellen war es sonnig, an anderen nicht, und beides (Sonniges, Wolkiges) nahm ganz bequem verschiedene Teile des Himmels ein; es gab das Grün der Blätter, die rote Explosion der Blüten an den leuchtendbunten Bäumen, die fahlgelben Früchte der Cashewbäume, den Duft der Limonen, den Duft der Mandeln, den Kaffee in meinem Atem, den Rock von Eunice, der mir ins Gesicht wehte, und die Gerüche zwischen ihren Beinen, die hochwirbelten und die ich nie vergessen werde, und immer wenn ich mich selber rieche, muß ich an sie denken. Der Fluß stand niedrig, und so hörte ich nicht das Geräusch von Wasser, das über Steine eilt; der Wind wehte nur schwach, und so raschelten die Blätter nicht in den Bäumen.

Ich hatte diese Empfindungen, daß ich schaute, roch und hörte, während ich auf dem Weg zu meiner Schule den Pfad entlang wanderte: Als ich bei der Straße ankam und meine neu beschuhten Füße darauf setzte, war es das erste Mal, daß ich dies tat. Ich war mir dessen bewußt. Es war eine Straße aus kleinen Steinen und festgetretener Erde, und jeder Schritt, den ich machte, war unbeholfen; der Boden gab nach, meine Füße rutschten weg. Die Straße lief vor mir her und verschwand in einer Kurve; wir marschierten auf diese Kurve zu, und dann kamen wir zu der Kurve, und hinter der Kurve fing wieder dieselbe Straße an und führte zu noch einer Kurve. Vor dem Ende der letzten Kurve kamen wir zu meiner Schule. Es war ein kleines Gebäude mit einer Tür und vier Fenstern, es hatte einen Holzfußboden, eine kleine Echse krabbelte über einen Balken in der Decke; drei lange Pulte waren hintereinander aufgereiht; ein großer hölzerner Tisch und ein Stuhl standen vorne vor den drei langen Pulten; an der

Wand hinter dem hölzernen Tisch und dem Stuhl hing eine Landkarte; oben auf der Landkarte standen die Wörter »Das britische Weltreich«. Das waren die ersten Wörter, die ich lesen lernte.

Immer waren in jenem Raum nur Jungen; ich saß erst mit anderen Mädchen in einem Schulzimmer, als ich älter war. Ich hatte keine Angst vor dieser neuen Situation: Ich wußte damals nicht, wie das geht, und weiß heute nicht, wie das geht. Ich hatte keine Angst, weil meine Mutter schon gestorben war, und das ist das einzige, wovor ein Kind wirklich Angst hat; als ich geboren wurde, war meine Mutter tot, und ich hatte schon all die Jahre mit Eunice gelebt, einer Frau, die nicht meine Mutter war und die mich nicht lieben konnte, und ohne meinen Vater, von dem ich nie wußte, wann ich ihn wiedersehen würde, und so hatte ich in dieser Situation keine Angst um mich. (Und wenn es nicht wirklich stimmt, daß ich damals keine Angst hatte, so war es nicht das einzige Mal, daß ich mir meine Verletzlichkeit nicht eingestand.)

Wenn ich heute von jenen ersten Tagen klar und verständig spreche, so erfinde ich nichts, und es sollte nicht verwundern; zu jener Zeit prägte ich mir alles, was geschah, mit einer Schärfe ein, die mir heute selbstverständlich vorkommt; damals hatten diese Dinge noch keine Bedeutung, sie hatten keinen Zusammenhang, ich kannte die Geschichte von Ereignissen noch nicht, ich kannte ihre Vorgeschichte nicht. Meine Lehrerin war von methodistischen Missionaren ausgebildet worden; sie gehörte zum afrikanischen Volk, das konnte ich sehen, und für sie bildete das eine Quelle der Demütigung und des Selbsthasses, und sie trug die Verzweiflung wie ein Kleidungsstück, wie einen Umhang oder einen Stock, auf den sie sich ständig stützte, wie ein angeborenes Recht, das sie uns weiterreichen wollte. Sie liebte uns nicht; wir liebten sie nicht; wir liebten einander nicht, nicht zu jener Zeit, zu keiner Zeit. Wir waren sieben Jungen und ich. Die Jungen gehörten auch alle zum afrikanischen Volk. Meine Lehrerin und diese Jungen schauten mich an und schauten mich an: ich hatte dichte Augenbrauen; mein Haar war buschig, dick und wellig; meine Augen standen weit auseinander, und sie hatten die Form von Mandeln; meine Lippen waren auf unerwartete Weise breit und schmal. Ich gehörte zum afrikanischen Volk, aber nicht ausschließlich. Meine Mutter war eine karibische Frau, und wenn sie mich ansahen, dann war es das, was sie sahen. Das karibische Volk war besiegt und dann ausgelöscht worden, beseitigt wie das Unkraut in einem Garten; das afrikanische Volk war besiegt worden, hatte aber überlebt. Wenn sie mich ansahen, sahen sie nur das karibische Volk. Sie irrten sich, aber das sagte ich ihnen nicht.

Ich begann damals sehr freimütig zu reden – mit mir selbst immer wieder, mit anderen nur, wenn es unbedingt nötig war. In der Schule sprachen wir englisch – ordentliches Englisch, kein Patois –, und untereinander benutzten wir französisches Patois, eine Sprache, die als ganz und gar nicht anständig galt, eine Sprache, die Menschen aus Frankreich nicht sprechen und nur mit großer Mühe verstehen konnten. Ich redete mit mir selber, weil ich anfing, den Klang meiner eigenen

Stimme zu mögen. Sie hatte etwas Süßes für mich, sie verringerte meine Einsamkeit, denn ich war einsam und sehnte mich nach Menschen, in deren Gesichtern ich etwas von mir selbst wiedererkennen konnte. Denn wer war ich? Meine Mutter war tot; meinen Vater hatte ich seit langer Zeit nicht mehr gesehen.

Ich lernte sehr schnell lesen und schreiben. Mein Gedächtnis, meine Fähigkeit, mir Dinge zu merken, mich an die winzigste Einzelheit zu erinnern, zu behalten, wer was wann gesagt hatte – all das wurde für ungewöhnlich gehalten, so ungewöhnlich, daß meine Lehrerin, die nur in Form von Gut und Böse zu denken gelernt hatte und deren Urteil in derlei Dingen immer falsch war, sagte, ich sei böse, ich sei besessen, und um zu bekräftigen, daß daran kein Zweifel bestehen konnte, verwies sie wieder auf die Tatsache, daß meine Mutter zum karibischen Volk gehörte.

Meine Welt damals – still, sanft und pflanzenhaft in ihrer Empfindlichkeit, den machtvollen Launen anderer unterworfen und vom Tageslauf bestimmt, der jeden Morgen mit der fahlen Eröffnung von Licht anfing und mit dem plötzlichen Einbruch der Dunkelheit zu Beginn jeder Nacht endete –, diese Welt war ein Geheimnis für mich und gleichzeitig eine Quelle manchen Vergnügens: Ich liebte das Gesicht eines grauen Himmels, durchlässig, körnig, feucht, der mich an unzähligen Morgenden zur Schule begleitete und sanfte Wasserpfeile auf mich niedersandte; das Gesicht desselben Himmels, wenn er ein hartes, Schutz verweigerndes Blau zeigte, als Hintergrund für eine grausame Sonne; die strenge Hitze, die schließlich ein Teil von mir wurde, so wie mein Blut; die schwerbeladenen Bäume (manche Äste hatten den Umfang kleiner Baumstämme), die so ungehindert wuchsen, als bestünde Schönheit nur in Größe, und ich konnte sie alle auseinanderhalten, wenn ich die Augen schloß und auf das Geräusch der Blätter horchte, die raschelnd aneinander rieben; und ich liebte jenen Augenblick, wenn die weißen Blüten der Zeder zu Boden fielen, mit einer Lautlosigkeit, die ich hören konnte, anfangs waren die Blütenblätter noch frisch, ein sanfter Kuß aus Rosa und Weiß, einen Tag später dann waren sie zertreten, verwelkt und braun, eine Plage für das Auge; ich liebte den Fluß, der zu einer kleinen Lagune geworden war, als er eines Tages einfach seine Richtung änderte und an dessen Ufer ich gerne saß, Vogelfamilien zusah und Fröschen, die ihren Laich ablegten, dem Himmel, der von Schwarz zu Blau wechselte und von Blau zu Schwarz, und dem Regen, der ins Meer hinter der Lagune fiel, aber nicht auf den Berg, der hinter dem Meer war. An diesem Platz war es, wo ich zum ersten Mal von meiner Mutter träumte; ich war auf den Steinen eingeschlafen, die rings um mich den Boden bedeckten, und mein kleiner Körper war in sie hineingesunken, als seien es Federn. Ich sah meine Mutter eine Leiter herunterkommen. Sie trug ein langes, weißes Gewand, dessen Saum ihr genau bis an die Fersen reichte, und das war alles, was von ihr zu sehen war, nur ihre Fersen; sie stieg und stieg herunter, doch mehr wurde nicht von ihr enthüllt. Nur ihre Fersen und der Saum ihres Gewandes. Zuerst wollte ich unbedingt mehr sehen, und dann reichte es mir, daß ich einfach nur ihre Fersen sah, die zu mir herunterstiegen. Als ich erwachte, war ich nicht mehr das Kind, das ich gewesen war, bevor ich einschlief. Ich sehnte mich danach, meinen Vater zu sehen, und wollte für immer in seiner Nähe sein.

An einem Tag, dessen Anfang ich nicht als irgendwie auffällig in Erinnerung habe, lernte ich die Grundbegriffe für das Schreiben eines gewöhnlichen Briefs. Ein Brief hat sechs Teile: die Adresse des Absenders, das Datum, die Adresse des Empfängers, die Anrede oder Grußformel, den Brief selber, das Ende des Briefs. Es war vollkommen klar, daß ein Mensch mit der Aussicht auf ein Leben, wie es mich erwartete – das Leben einer Frau, die noch dazu arm ist –, niemals in die Verlegenheit kommen würde, einen Brief zu schreiben, doch das Gefühl von Befriedigung, das alle empfanden, die daran beteiligt waren, mir diese Sache beizubringen, nämlich einen Brief zu schreiben, muß ungeheuer gewesen sein. Ich wurde geschlagen und mit schlimmen Wörtern beschimpft, als ich einen Fehler machte. Damals machte es mich nicht wütend, daß ich Briefe von Leuten abschreiben mußte, deren Klagen oder Ansichten oder Freuden mich gar nicht interessierten – ich war zu jung, um zu begreifen, daß Eitelkeit eine Waffe sein kann, ebenso gefährlich wie jedes Messer; ich wollte einfach nur meine eigenen Briefe schreiben, Briefe, in denen ich sagen würde, was ich über mein Leben dachte, so wie es mir mit sieben Jahren erschien. Ich fing einen Brief an meinen Vater an. Ich schrieb: »Mein lieber Papa«, in prächtiger, kunstvoller Schönschrift, einer Schönschrift, geboren aus Schlägen und groben Wörtern. Ich sagte ihm, daß ich von Eunice in Wort und Tat mißhandelt wurde und daß er mir fehlte und daß ich ihn sehr liebte. Ich schrieb dies immer und immer wieder. Es war ohne Einzelheiten. Es war einfach der klagende Schrei eines kleinen, verwundeten Tiers: »Mein lieber Papa, Du bist der einzige Mensch, den ich noch habe auf der Welt, niemand liebt mich, nur Du kannst das, ich werde mit Wörtern geschlagen, ich werde mit Stöcken geschlagen, ich werde mit Steinen geschlagen, ich liebe Dich über alles, nur Du kannst mich retten.« Diese Worte waren ganz und gar nicht für meinen Vater gedacht, sondern für die Person, von der ich nur die Fersen sehen konnte. Nacht um Nacht sah ich ihre Fersen, nur ihre Fersen, die herunterkamen, um bei mir zu sein, die herunterkamen, um für immer bei mir zu sein.

Ich schrieb diese Briefe ohne jede Absicht, sie meinem Vater zu schicken. Ich wußte nicht, wie man das macht, sie abschicken. Ich faltete sie so zusammen, daß sie, wenn man sie durchriß, acht kleine, kleine Quadrate bilden würden. Das hatte keine geheimnisvolle Bedeutung; ich tat das nur, damit ich sie besser unter einen großen Stein draußen vor dem Tor zu meiner Schule stecken konnte. Jeden Tag legte ich nach der Schule einen Brief dorthin, den ich an meinen Vater geschrieben hatte. Ich schrieb diese Briefe immer heimlich, während der kurzen Zeitspanne, die man uns als Pause gewährte, oder wenn ich meine Aufgabe, ohne daß es bemerkt wurde, schon erledigt hatte. Ich tat dann so, als sei ich vollkommen mit dem beschäftigt, was mir aufgetragen war, und schrieb einen Brief an meinen Vater.

Diese kleinen Hilferufe brachten mir keine unmittelbare Erleichterung. Ich erkannte mein Unglück, aber daß es gelindert werden könnte – daß mein Leben sich ändern könnte, daß seine Bedingungen sich ändern könnten –, das kam mir nicht in den Sinn.

Meine Briefe blieben kein Geheimnis. Ein Junge namens Roman hatte gesehen, wie ich sie in das Versteck legte, und entfernte sie hinter meinem Rücken. Er hatte kein Verständnis, kein Mitleid; jegliche Neigung, die Schwachen zu schützen, war in ihm zerstört worden. Er gab meine Briefe unserer Lehrerin. In meinen Briefen an meinen Vater hatte ich geschrieben: »Alle hassen mich, nur Du liebst mich«, aber ich hatte nicht gewollt, daß diese Briefe tatsächlich meinem Vater geschickt würden, und sie waren auch nicht wirklich an meinen Vater gerichtet; wenn mich jemand gefragt hätte, ob ich wirklich glaubte, daß mich alle haßten, daß nur mein Vater mich liebte, dann hätte ich darauf keine Antwort gewußt. Doch die Reaktion meiner Lehrerin auf meine Briefe, dieses kleine Gekritzel, war eine besondere Erfahrung für mich. Sie glaubte, wenn ich »alle« schrieb, meinte ich sie und nur sie. Sie sagte, meine Worte seien eine Lüge, verleumderisch, sie sagte, daß sie sich für mich schäme und daß sie keine Angst vor mir habe. Meine Lehrerin sagte all das vor den anderen Schülern meiner Schule zu mir. Sie dachten, ich sei gedemütigt, und sie freuten sich, daß ich so heruntergemacht wurde. Ich fühlte mich überhaupt nicht gedemütigt. Ich fühlte etwas. Ich konnte sehen, daß ihre Zähne schief und gelb waren, und ich überlegte, wie das wohl gekommen war. Sie hatte große Halbmonde aus Schweiß unter den Achseln ihres Kleids, und ich überlegte, ob ich als erwachsene Frau auch so heftig schwitzen und wie es dann wohl riechen würde. Hinter ihrer Schulter kroch eine große weibliche Spinne mit ihrem Eiersack an der Wand entlang, und ich wollte nach ihr greifen und sie mit der bloßen Handfläche zerquetschen, weil ich dachte, daß sie vielleicht die Sorte Spinne oder eine Verwandte von der Spinne war, die mir in der Nacht vorher im Schlaf die Spucke aus den Mundwinkeln gesogen und drei kleine, schmerzhafte Stiche hinterlassen hatte. Draußen nieselte es leicht, ich konnte das Geräusch auf dem Blechdach hören.

Sie schickte die Briefe meinem Vater, um mir zu beweisen, daß sie ein reines Gewissen hatte. Sie sagte, daß ich ihre Strafpredigten, die sie nur aus Liebe zu mir gehalten habe, als Ausdruck von Haß mißverstanden hätte, und das zeige, daß ich der Sünde des Hochmuts schuldig sei. Und sie sagte, sie hoffe, daß ich lernte, die beiden zu unterscheiden: die Liebe und den Haß. Bis heute versuche ich, die beiden zu unterscheiden, und kann es nicht, weil sie häufig ein so ähnliches Gesicht haben. Als sie das damals sagte, habe ich ihr genau ins Gesicht geblickt, um herauszufinden, ob es stimmte, daß sie mich liebte, und um zu sehen, ob ihre Worte, die so oft eine Serie harter Schläge zu sein schienen, in Wirklichkeit der Ausdruck von Liebe waren. Ihr Gesicht kam mir da nicht liebevoll vor, aber vielleicht täuschte ich mich – vielleicht war ich zu jung, um zu urteilen, zu jung, um zu verstehen.

Ich begriff nicht sofort, was geschehen war, was ich getan hatte: Ich hatte, wie unbewußt auch immer, wie ungezielt auch immer, durch den Gebrauch einiger Wörter meine Lage verändert; ich hatte mir vielleicht sogar das Leben gerettet. Das ist etwas, was ich seitdem immer getan habe: mir selbst oder anderen gegenüber meine eigene Lage beschreiben. So kam es, daß ich mir meiner selbst so außerordentlich bewußt wurde, so empfänglich für meine eigenen Bedürfnisse, so begierig, sie mir zu erfüllen, ich kannte meine Leiden, ich kannte meine Freuden. Durch dieses ungerichtete, kindliche Aussprechen von Unglück änderte sich mein Leben, und ich nahm es zur Kenntnis.

Mein Vater kam, um mich abzuholen, er trug die Uniform eines Gefängnisaufsehers. Für ihn hatte das keine Bedeutung, es war ohne tieferen Sinn. Er war auf dem Weg nach Roseau und kam von dem Dorf St. Joseph, wo er seiner Arbeit als Polizist nachgegangen war. Man hatte mir nicht gesagt, daß er an diesem Tag kommen würde; ich hatte ihn nicht erwartet. Ich war auf dem Rückweg von der Schule und sah ihn in der letzten Kurve der Straße stehen, die zu dem Haus führte, in dem ich lebte. Sein Anblick überraschte mich, aber das gestand ich nur mir selbst ein; ich ließ es niemanden sonst merken. Der Grund für die große Sehnsucht nach meinem Vater – der Grund dafür, daß er nicht mehr zu dem Haus kam, in dem ich lebte, und seine schmutzige Wäsche brachte und die saubere wieder abholte – war seine neue Ehe. Man hatte mir davon erzählt, aber es war mir ein Rätsel, was das bedeutete;

es war nicht viel anders als damals, als man mir zum ersten Mal erzählte, daß die Erde rund sei; ich dachte: Was kann das bedeuten, warum muß das sein? Mein Vater hatte wieder geheiratet. Er nahm meine Hand, er sagte etwas, er sprach englisch, seine Lippen rundeten sich um die Wörter, die er sagte, und das ließ ihn mild erscheinen, anziehend, sogar freundlich. Ich verstand, was er sagte: Er hatte nun ein Heim für mich, ein gutes Heim; ich würde seine Frau, meine neue Mutter, lieben; er liebte mich so, wie er sich selbst liebte, vielleicht sogar noch mehr, weil ich ihn an einen Menschen erinnerte, von dem er mit Sicherheit wußte, daß er ihn noch mehr geliebt hatte als sich selbst. Ich würde mein neues Heim lieben; ich würde den Himmel über mir lieben und die Erde darunter.

Das Wort »Liebe« kam so häufig vor, daß es für mein siebenjähriges Herz und meinen siebenjährigen Verstand zum Hinweis dafür wurde, daß dieses Ding nicht existierte. Die Augen meines Vaters wurden schmal, und dann wurden sie groß; er glaubte, was er sagte, und das war etwas Gutes, weil ich es nicht tat. Doch ich hätte diese Entwicklung, diese neue Sache, diesen Aufbruch von hier nicht aufhalten wollen; und ich glaubte ihm nicht, aber ich hatte keinen Grund dazu, keinen wirklichen Grund. Ich war noch nicht zynisch und glaubte, hinter allem, was ich hörte, verberge sich eine andere Geschichte, die wirkliche Geschichte.

Ich dankte Eunice dafür, daß sie sich um mich gekümmert hatte. Ich meinte das nicht ehrlich, ich konnte es nicht ehrlich meinen, doch heute würde ich es so meinen. Ich sagte nicht Lebwohl; in der Welt, in der ich damals lebte und immer noch lebe, gibt es kein Lebwohl, es ist eine kleine Welt. All meine Habseligkeiten waren in einem Segeltuchrucksack, und er packte sie in eine Tasche, die der Esel trug, auf dem er hergeritten war. Er hob mich auf den Esel und setzte sich hinter mich. Und das war der Anblick, den wir boten, als ich dem kleinen Haus, in dem ich die ersten sieben Jahre meines Lebens verbracht hatte, den Rükken kehrte: ein schon bedeutender Mann und seine kleine Tochter auf dem Rücken eines Esels am Ende eines Tages, eines gewöhnlichen Tages, eines Tages, der ohne Bedeutung war, da man weniger als ein Klecks auf einer bedruckten Seite war. Ich konnte den Atem meines Vaters hören; es war nicht der Atem meines Lebens. Von Zeit zu Zeit berührte mein Hinterkopf seine Brust, ich konnte das Geräusch seines Herzens hören, das unter seinem Hemd klopfte, jener Uniform, die den Leuten, die ihn darin auf sich zukommen sahen, Angst einflößte, denn wenn er diese Kleidung trug, bedeutete seine Gegenwart fast nie etwas Gutes. In meinem Leben damals bedeutete seine Gegenwart etwas Gutes, es war Pech, daß er nicht daran gedacht hatte sich umzuziehen; es war Pech, daß mir auffiel, daß er es nicht getan hatte, es war Pech, daß so etwas von Bedeutung für mich war.

Diese neue Erfahrung – daß ich tatsächlich die Vergangenheit hinter mir ließ und in der Gewißheit, daß alles, was gewesen war, genauso bleiben würde, von einem Ort zum nächsten ging, war etwas, was ich sofort als Geschenk annahm, als ein natürliches Recht. Einer

Sache den Rücken kehren, diese einfachste aller Bewegungen ist eine der schwierigsten, wenn man sie machen muß, aber wenn man sie einmal gemacht hat, kann man sich nicht mehr vorstellen, daß sie so schwer zu vollziehen war. Ich hatte sie nicht alleine geschafft, aber ich sah wohl, daß ich Ereignisse in Gang gesetzt hatte, die die Bewegung ermöglichten. Wenn ich jemals wieder in jenem Schulzimmer sitzen sollte oder im Hof von Eunice, wenn ich wieder in ihrem Bett schlafen und mit ihren Kindern essen müßte, dann hätte all das nicht mehr die Macht über mich, die es einmal gehabt hatte – die Macht, in mir ein Gefühl der Hilflosigkeit zu erzeugen und auch der Scham über diese Hilflosigkeit.

Ich konnte den Ausdruck auf dem Gesicht meines Vaters während des Ritts nicht sehen, ich wußte nicht, was er dachte, ich kannte ihn nicht gut genug, um es zu erraten. An der Straße angelangt, ritt er nicht zur Schule, sondern in die entgegengesetzte Richtung. Dieser Teil der Straße war neu für mich, und trotzdem war er von einer Vertrautheit, die mich traurig machte. Hinter jeder Kurve wartete das vertraute dunkle Grün der Bäume, die mit einem Ungestüm wuchsen, das noch keine Hand zu bändigen versucht hatte; ein Grün, so unerbittlich, daß es von großer Schönheit und großer Häßlichkeit und doch zugleich von großer Bescheidenheit war; es war es selbst: nichts ließ sich ihm hinzufügen; nichts ließ sich wegnehmen. Jeder Abhang auf der Strecke war steil und gefährlich, und ein Sturz in die Tiefe hätte mit dem Tod oder einem bleibenden Schaden geendet. Und jedem Anstieg folgte ein Abstieg, an dessen Fuß das immergleiche Dickicht aus blühenden Pflanzen stand, jede einzelne mit einem Zweck, den ich noch nicht kannte. Und jede Kurve, die nach links führte, mündete bald in eine Kurve nach rechts.

Dann nahm der Tag die Farben von etwas Endendem an, die Farben einer Beerdigung, grau und blauviolett; die Traurigkeit in mir konnte ich jetzt deutlich feststellen. Ich war Teil einer Prozession der Traurigkeit, die sich von meinem alten Leben wegbewegte, einem Leben, das ich erst sieben Jahre gelebt hatte. Das überwältigte mich aber nicht. Die Dunkelheit der Nacht brach mit ihrer gewohnten Plötzlichkeit herein, ohne Vorwarnung. Wieder war ich nicht überwältigt. Mein Vater legte einen Arm um mich, als wollte er etwas abwehren – eine Gefahr, die ich in der kühlen Luft nicht sehen konnte, einen bösen Geist, einen Sturz. Zuerst war sein Griff sanft; dann wurde er fester, bis er die Stärke eines Eisenbandes hatte, doch selbst da war ich nicht überwältigt.

Wir erreichten das Dorf in der Dunkelheit. Es gab nirgendwo Licht, kein Hund bellte, wir begegneten niemandem. Wir betraten das Haus, in dem mein Vater lebte, ein Lichtschein kam von einer wunderschönen gläsernen Lampe, etwas, was ich noch nie gesehen hatte; das Licht wurde durch eine klare Flüssigkeit genährt, die ich in dem Lampenfuß sehen konnte, er war mit vorspringenden Köpfen von Tieren verziert, die ich nicht kannte. Die Lampe stand auf einem Bord, und das Bord war aus Mahagoni, seine Halterungen endeten in der Form von zwei fest geschlossenen Pfoten.

Das Zimmer war voll, es gab einen Stuhl, auf dem zwei Leute gleichzeitig sitzen konnten, zwei andere Stühle, auf denen nur eine Person sitzen konnte, und einen kleinen, niedrigen Tisch, über den ein Stück weißes Leinen gebreitet war. Die Wände des Hauses, auch die Zwischenwand, die dieses Zimmer vom Rest des Hauses trennte, waren mit Tapete beklebt, und die Tapete war mit kleinen rosa Rosen geschmückt. Ich hatte so etwas noch nie gesehen, außer einmal, als ich mir in meiner Schule ein Buch anschaute – aber das Bild, das ich da gesehen hatte, war eine Zeichnung gewesen, die eine Geschichte über das häusliche Treiben eines kleinen Säugetiers illustrierte, das mit seiner Familie auf einem Feld lebte. In diesem Bau hatten die Wände eine ähnliche Tapete. Ich hatte die Geschichte von dem kleinen Säugetier für etwas gehalten, was nur ausgedacht war, was Kindern Freude machen sollte, aber dies hier war das Haus von meinem sehr wirklichen Vater, ein Haus mit einer hellen Lampe in einem Zimmer, und zwar einem Zimmer, das offenbar nur für besondere Gelegenheiten existierte.

In dem Augenblick begriff ich, daß es ganz viele Sachen gab, von denen ich nichts wußte, neben der sehr großen Sache, von der ich nichts wußte – meiner Mutter. Ich wußte nichts von meinem Vater; ich wußte nicht, woher er stammte und wen oder was er mochte; ich wußte nichts von dem Land, das ich gerade auf dem Rücken eines Tieres durchquert hatte; ich wußte nicht, wer ich war und warum ich dort in jenem Zimmer für besondere Gelegenheiten mit der Lampe stand. Ein weites Meer von Dingen, von denen ich nichts wußte, lag plötzlich vor mir, und seine mächtigen, trügerischen Strömungen rollten immer wieder über meinen Kopf, bis ich sicher war, daß ich tot war.

Ich war nur ohnmächtig geworden. Ich öffnete bald wieder die Augen und sah das Gesicht der Frau meines Vaters ziemlich dicht über mir. Sie besaß das Gesicht des Unheils. Ich kannte kein anderes Gesicht, mit dem ich es hätte vergleichen können; ich wußte nur, daß ihres das Gesicht des Unheils war, soweit ich das erkennen konnte. Sie mochte mich nicht. Das sah ich. Sie liebte mich nicht. Das sah ich. Den Rest von ihr konnte ich noch nicht sehen – nur ihr Gesicht. Sie stammte vom afrikanischen Volk und den Menschen aus Frankreich. Es war Nacht, und sie war in ihrem eigenen Haus, deshalb war ihr Haar nicht verhüllt, es war weich und trotzdem gekräuselt, und sie trug es in der Mitte gescheitelt und zu zwei Zöpfen geflochten, die hinten hochgesteckt waren. Ihre Lippen waren wie die von Menschen aus kalten Gegenden: dünn und kleinlich. Ihre Augen waren schwarz, nicht vor Schönheit, sondern vor Falschheit. Ihre Nase war lang und spitz, wie ein Pfeil; auch ihre Wangenknochen waren spitz. Sie mochte mich nicht. Sie liebte mich nicht. Das sah ich in ihrem Gesicht. Ich sammelte Kraft, um mich dagegen zu wappnen. Keine Liebe: Ich konnte an einem Ort wie diesem leben. Ich kannte diese Atmosphäre nur zu gut. Liebe hätte mich umgebracht. Liebe würde mich immer umbringen. In einer Atmosphäre ohne Liebe konnte ich leben; in dieser Atmosphäre ohne Liebe konnte ich mir ein eigenes Leben einrichten. Sie hielt mir eine Tasse an den Mund, ihre eine Hand streifte mein Gesicht, und sie fühlte sich kalt an; sie gab mir Tee zu trinken, um meine Lebensgeister zu wecken, aber er schmeckte bitter, bitter wie ein Gifttrank. Meine kleine Zunge wollte nur einen Tropfen in meinen Mund lassen, aber sein bitterer Geschmack wärmte mein junges Herz. Ich setzte mich auf. Unsere Augen begegneten sich nicht, saugten sich nicht aneinander fest; ich war zu jung, um ihr derart den Kampf anzusagen, ich konnte damals nur instinktiv handeln.

Ich wurde durch einen kurzen Flur zu einem Zimmer geführt. Das Zimmer war für mich gedacht; mein Vater lebte in einem Haus mit so vielen Zimmern, daß eines auch mir gehörte. Dieses kleine Ereignis wurde sofort entscheidend für mein Leben: Ich richtete mich in dieser augenscheinlichen Privatheit ohne Fragen ein. Mein Zimmer wurde durch eine kleine Lampe von der Größe meiner inzwischen breiten, gealterten Faust erhellt, und ich konnte mein Bett sehen, schmal, aus Holz, mit einem weißen Laken über der kopragefüllten Matratze und einem quadratischen, dünnen Kissen. Ich hatte einen Ständer mit einer Waschschale als Aufsatz und einen Krug mit Wasser darin. Ein Handtuch sah ich nicht. (Ich wußte damals sowieso nicht, wie man sich ordentlich wäscht, und die Unterweisung, die ich schließlich erhielt, war mit vielen Beschimpfungen verbunden.) Ein Bild gab es nicht an der Wand. An den Wänden war keine Tapete; das nackte Holz, Fichte, war nicht gestrichen. Es war das allerschlichteste Zimmer überhaupt, aber es besaß mehr Luxus, als ich mir je hätte vorstellen können, es bot mir etwas, von dem ich nicht einmal wußte, daß ich es brauchte: Es bot mir die Möglichkeit zum Alleinsein. Mein gesamtes kleines Wesen, das körperliche wie das seelische, konnte hier Frieden finden, in diesem engen Raum, der mir gehörte und wo ich sitzen und das Erlebte sortieren konnte.

Ich setzte mich auf das Bett. Mir brach das Herz; ich hätte am liebsten geweint, so verlassen fühlte ich mich. Ich fühlte mich in Gefahr, ich fühlte mich bedroht; während die Minuten verstrichen, fühlte ich, daß jemand mir den Tod wünschte. Die Frau meines Vaters kam, um mir gute Nacht zu sagen, und sie knipste die Lampe aus. Sie sprach französisches Patois; in seiner Gegenwart hatte sie mit mir englisch gesprochen. Sie sollte das während der ganzen Zeit tun, die wir miteinander verbrachten, doch bei diesem ersten Mal, mit sieben Jahren und in dem Heiligtum meines Zimmers, begriff ich es als einen Versuch ihrerseits, mich zu einer Unrechtmäßigen zu machen, mich mit der künstlichen Sprache eines Volkes zu verbinden, das für unwirklich gehalten wurde – des Schattenvolks, der für immer Gedemütigten, der für immer Erniedrigten. Dann ging sie in den Teil des Hauses, wo sie und mein Vater schliefen; er war so weit entfernt, daß ich hören konnte, wie das Geräusch ihrer Schritte leiser wurde; trotzdem konnte ich hören, wie sie miteinander redeten, das Geräusch ihrer Stimmen wirbelte zu dem leeren Raum unter der Zimmerdecke hoch. Sie unterhielten sich; ich konnte die Wörter nicht verstehen; ihr Gespräch klang neutral, weder heiß noch kalt. Es gab stumme Pausen; es gab kurzes Keuchen und Seufzen; es gab die Geräusche von schlafenden Menschen, wenn Luft aus ihren Mündern entweicht.

Ich legte mich schlafen, um von meiner Mutter zu träumen – denn ich wußte, daß ich das tun würde, ich wußte, ich würde mich dazu bringen können, es war notwendig, daß ich es tat. Sie kam die Leiter herunter, wieder und wieder, immer von neuem, nur ihre Fersen und der Saum ihres weißen Kleids waren zu sehen; herunter, herunter, immer von neuem. In meinem Traum sah ich ihr die ganze Nacht zu. Ihr Gesicht sah ich nicht. Ich war nicht enttäuscht. Ich hätte gern ihr Gesicht gesehen, aber ich sehnte mich nicht mehr danach. Sie sang ein Lied, aber es war ohne Worte; es war kein Wiegenlied, es war nicht sentimental, sollte nicht meine Seele beruhigen, die sich über die Härte des Lebens erregte; es war nur ein Lied, doch der Klang ihrer Stimme war wie ein kleiner Schatz, den man in einer herrenlosen Kiste findet, ein Schatz, der nicht Erstaunen auslöst, sondern Zufriedenheit und ewige Wonne.

Ich schlief die ganze Nacht und sah sie in meinem Schlaf die Leiter herunter kommen, Stufe um Stufe, ohne daß ich je ihr Gesicht sah, doch ich hörte ihre Stimme jenes Lied singen, manchmal summend, manchmal mit geöffnetem Mund. Bis auf den heutigen Tag erscheint sie mir von Zeit zu Zeit in meinen Träumen, aber niemals danach hat sie gesungen oder irgendeine Art Laut von sich gegeben – sie kommt nur, wie zu Anfang, eine Leiter herunter, wobei ihre Fersen zu sehen sind und über ihnen der weiße Saum ihres Gewands.

Ich kam in meines Vaters Haus, gehüllt in die Decke wollüstiger Schwärze, welche die Nacht war; es folgte natürlich ein Morgen. Ich erwachte in dem falschen Paradies, in das ich hineingeboren war, dem falschen Paradies, in dem ich sterben werde, eben jener Landschaft, die ich seit jeher kannte und deren sämtliche Aspekte sich jedem Vorwurf entziehen: Sie ist alles zugleich, schön und häßlich, bescheiden und stolz; voller Leben, voller Tod, fähig, das eine zu erhalten und den anderen unerbittlich zu fordern.

Die Frau meines Vaters zeigte mir, wie man sich wäscht. Sie tat es ohne Freundlichkeit. Meine Gestalt und mein Geruch als Mensch waren für sie eine Gelegenheit, mich mit Hohn zu überschütten. Ich antwortete in einer Weise, die mittlerweile charakteristisch für mich ist: Alles, was man mir zu hassen befahl, liebte ich und liebte es ganz besonders. Ich liebte die dünne Dreckschicht hinter meinen Ohren, den Geruch meines ungewaschenen Mundes, den Geruch zwischen meinen Beinen, den Geruch in meiner Achselhöhle, den Geruch meiner ungewaschenen Füße. Alles an mir, was Anstoß erregte, alles, was ursprünglich zu mir gehörte, wofür ich nichts konnte und was kein moralisches Versagen war –, all diese Dinge an mir liebte ich mit der Inbrunst von Fanatikern. Ihre Hände, die mich berührten, waren kalt und taten mir weh. Wir sollten einander nie lieben. In ihr war eine Verzweiflung, die in einer Sehnsucht wurzelte, deren Erfüllung ihr bisher verwehrt war: Sie war nicht fähig gewesen, meinem Vater ein Kind zu gebären. Sie fürchtete sich vor mir; sie fürchtete, daß mein Vater meinetwegen häufiger an meine Mutter denken würde als an sie. An jenem ersten Morgen gab sie mir etwas zu essen, und das war alt und schimmelig, als hätte sie es extra für mich aufbewahrt, um mich krank zu machen. Danach aß ich nie mehr das, was sie mir gab; ich lernte da, mir mein Essen selber zuzubereiten, und machte das zu einer Eigenschaft von mir, an der andere mich später erkennen sollten. Ich war das Mädchen, das sich sein Essen selber macht.

Teile meines Lebens, Ereignisse meines damaligen Lebens, kommen mir, wenn ich mich heute an sie erinnere, so vor, als wären sie an einem sehr engen, dunklen Ort geschehen, einem Ort von der Größe eines Puppenhauses, und das Puppenhaus steht auf dem Boden eines Lochs, und ich stehe ganz oben am Locheingang und starre hinunter in dieses kleine Haus und versuche herauszubekommen, was genau dort unten geschah. Und manchmal, wenn ich auf diese Szene hinunterschaue, sind bestimmte Dinge nicht mehr an der Stelle, wo sie waren, als ich das letzte Mal guckte: zu unterschiedlichen Zeiten sind unterschiedliche Dinge im Schatten, unterschiedliche Dinge sind im Licht.

Die Frau meines Vaters wünschte mir den Tod, anfangs in einer Weise, die es ihr gestattet hätte, ihre Trauer über meinen Tod überschwenglich zur Schau zu stellen: ein Unfall, der Wille Gottes. Als dann kein Unfall passierte und es Gott offensichtlich gleichgültig war, ob ich lebte oder starb, versuchte sie, die Sache selbst zu bewerkstelligen. Sie schenkte mir eine Kette aus getrockneten Beeren und poliertem Holz und Steinen und Muscheln aus dem Meer. Sie war wunderschön, viel zu schön für ein Kind, doch ein Kind, ein richtiges Kind, wäre von ihr hingerissen gewesen, hätte sich von ihr verführen lassen, hätte sie sich sofort um den Hals gelegt. Ich war kein richtiges Kind. Ich bedankte und bedankte mich. Ich bedankte mich noch mal. Ich nahm sie nicht mit in mein kleines Zimmer. Ich wollte sie nicht zu lange behalten. Ich hatte mir einen kleinen Platz in dem immergrünen, dichten Wäldchen hinter dem Haus eingerichtet. Sie wußte davon noch nicht; als sie ihn schließlich entdeckte, schickte sie etwas dorthin, was ich nicht sehen konnte, es lebte dort, und es vertrieb mich. An diesem geheimen Ort versteckte ich die Kette so lange, bis ich entschieden hätte, was damit geschehen sollte. Sie sah immer auf meinen Hals und merkte, daß ich die Kette nicht trug, aber sie erwähnte sie nie wieder. Nicht ein einziges Mal. Sie zwang mich nie, sie zu tragen. Sie besaß einen Hund, der sie auf ihren Wegen begleitete; dieser Hund war ein Geschenk meines Vaters, er sollte sie vor echter menschlicher Gefahr behüten, vor Gefahr, die man sehen konnte, er sollte ihr ein gewisses Gefühl der Sicherheit geben. Eines Tages legte ich dem Hund die Kette um den Hals und verbarg sie zwischen seinem Fell; innerhalb von vierundzwanzig Stunden wurde er verrückt und starb. Wenn sie die Kette um seinen Hals gefunden hat, so hat sie es mir gegenüber nie erwähnt. Sie wurde dann schwanger und gebar das erste ihrer beiden Kinder, und das lenkte ihre Aufmerksamkeit von mir ab; aber sie hörte nicht auf, mir den Tod zu wünschen.

Die Schule, die ich besuchte, lag acht Kilometer entfernt im nächsten Dorf, und ich ging mit ein paar anderen Kindern hin, die meisten waren Jungen. Wir mußten einen Fluß überqueren, aber in der Trockenzeit hieß das, daß wir über die Steine im Flußbett steigen mußten. Wenn es regnete und das Wasser stark gestiegen war, zogen wir unsere Kleider aus, knoteten sie zu einem Bündel, legten es uns auf den Kopf und durchquerten den Fluß nackt. Eines Tages, als der Fluß sehr viel Wasser führte und wir ihn nackt durchquerten, sahen wir eine Frau in dem Teil des Flusses, der ins Meer mündet. Es war tief dort, und wir konnten nicht erkennen, ob sie saß oder stand, aber wir wußten, daß sie nackt war. Sie war eine wunderschöne Frau, schöner als alle Frauen, die wir je gesehen hatten, auf eine Weise schön, die wir verstehen konnten, nicht auf europäische Weise: ihre Haut war dunkelbraun, ihr Haar war schwarz und glänzend und stand in dichten Locken um ihren Kopf. Ihr Gesicht war wie ein Mond, ein sanfter, brauner, leuchtender Mond. Sie öffnete ihren Mund, und heraus kam ein fremdartiger, doch süßer Ton. Er hypnotisierte uns; wir standen da und starrten sie an. Sie war umgeben mit Früchten, Mangos – es war Mangozeit –, und sie waren alle reif, und die Schattierungen von Rot, Rosa und Gelb waren unwiderstehlich und machten uns den Mund wässerig. Sie gab uns ein Zeichen, daß wir zu ihr kommen sollten. Jemand sagte, sie sei überhaupt keine Frau und wir sollten nicht hingehen, wir sollten weglaufen. Wir konnten uns nicht von der Stelle rühren. Und dann setzte sich dieser Junge in Bewegung, an dessen Gesicht ich mich noch erinnern kann, weil es das männliche Inbild von Leichtfertigkeit und Prahlerei war, das ich inzwischen gut kenne; er ging immer weiter, und er lachte, während er sich bewegte. Als es schien, daß er die Stelle erreicht hatte, wo sie war, bewegte sie sich weiter fort, aber sie war immer an derselben Stelle; er schwamm zu ihr und den Früchten, und jedesmal, wenn er fast bei ihr war, schien sie weiter fort. Auf diese Weise schwamm er so lange, bis er vor Erschöpfung zu sinken begann, wir konnten nur noch ein Stück von seinem Kopf sehen, wir konnten nur noch seine Hände sehen; dann konnten wir gar nichts mehr sehen, nur eine Reihe von Kreisen, die sich dort ausbreiteten, wo er gewesen war, so als hätte jemand einen Kieselstein geworfen. Und dann verschwand auch die Frau mit ihren Früchten, als wäre sie nicht dagewesen, als wäre die ganze Sache nie passiert.

Der Junge verschwand; er wurde nie wieder gesehen, auch nicht tot, und als das Wasser an der Stelle sank, gingen wir hin und suchten, aber er war nicht da. Es war, als wäre es nie geschehen, und die Art, wie wir darüber redeten, klang so, als hätten wir es uns ausgedacht, weil wir nie direkt darüber redeten, wir nahmen es nur hin, daß es geschehen war, und mit der Zeit existierte es nur in unseren Köpfen, als ein Akt des Glaubens, wie es für manche Leute die Jungfrauengeburt ist oder ähnliche Wunder; und es besaß dieselbe Macht von Glaube und Unglaube, nur daß wir es, anders als bei der Jungfrauengeburt, selber gesehen hatten. Ich sah, wie es geschah. Ich sah den Jungen, mit dem ich zusammen zur Schule ging, nackt zu der Frau schwimmen, die auch nackt war und umgeben von reifen Früchten, sah ihn dort, wo der Fluß ins Meer mündet, im schlammigen Wasser verschwinden. Er verschwand dort und wurde nie wieder gesehen. Jene Frau war keine Frau; sie war ein Etwas, das die Gestalt einer Frau angenommen hatte. Es war fast so, als wäre die Wirklichkeit dieses Horrors so überwältigend, daß er zu einem Mythos wurde, als wäre er vor sehr langer Zeit geschehen und anderen Menschen widerfahren, nicht uns. Ich weiß von Freunden, die mit mir Zeugen dieses Ereignisses waren und die vergaßen, daß ich dabei war, und mir die Geschichte in einer ganz bestimmten Weise erzählten, sie beschworen mich, ich müßte ihnen glauben; doch das liegt nur daran, daß sie selber nicht glauben, was sie sagen, sie glauben nicht mehr, was sie mit ihren eigenen Augen und in ihrem wirklichen Leben gesehen haben. Ich habe inzwischen eine Erklärung dafür. Alles, was mit uns zu tun hat, wird für zweifelhaft gehalten, und wir, die Besiegten, stehen für alles, was unwirklich ist, alles, was nicht menschlich ist, alles, was ohne Liebe ist, alles, was ohne Barmherzigkeit ist. Unsere Erfahrung kann nicht von uns gedeutet werden; wir kennen ihre Wahrheit nicht. Unser Gott war nicht der richtige, unsere Auffassung von Himmel und Hölle war nicht anständig. Der Glaube an jene Erscheinung einer nackten Frau, die mit ausgestreckten Armen einen kleinen Jungen in den Tod lockt, war der Glaube der Unrechtmäßigen, der Armen, der Niedrigen. Ich glaubte damals an jene Erscheinung, und ich glaube heute an sie.

Wer war mein Vater? Nicht nur: wer war er für mich, sein Kind, sondern: wer war er? Er war Polizist, jedoch kein gewöhnlicher Polizist; für jemanden in seiner Position flößte er mehr als das zu erwartende Maß an Furcht ein. Er vereinbarte Treffen mit Leuten, Männern, in seinem Haus, dem Haus, in dem er mit seiner Familie lebte – diesem Gebilde, von dem ich jetzt eine Art Mitglied war –, und er pflegte diese Leute stundenlang warten zu lassen; gelegentlich ließ er sich überhaupt nicht blicken. Sie warteten auf ihn, manchmal saßen sie dabei auf einem Stein, der im Hof direkt hinter dem Tor lag, manchmal wanderten sie auf und ab, herein in den Hof und wieder hinaus, wobei das Tor jedesmal quietschte, was seine Frau stets wütend machte. Sie beklagte sich dann bei diesen Leuten und sprach grob mit ihnen, wobei die Grobheit in keinem Verhältnis zum Ärger über das quietschende Tor stand. Sie warteten klaglos auf ihn, schliefen im Stehen ein, schliefen ein, während sie auf dem Boden hockten, Fliegen tranken von dem Speichel, der aus den Winkeln ihrer geöffneten Münder tropfte. Sie warteten, und wenn er nicht auftauchte, gingen sie weg und kamen am nächsten Tag wieder, in der Hoffnung, ihn zu sehen; manchmal hatten sie Erfolg, manchmal hatten sie keinen Erfolg. Sein Verhalten hatte für ihn keine Folgen; es war einfach seine Art, mit Leuten umzugehen. Es war ihm gleichgültig, oder wenigstens dachte ich das am Anfang – aber natürlich war es ihm nicht gleichgültig; sie war wohlüberlegt, die Art, wie er Menschen leiden ließ; er war Teil eines Systems, einer bestimmten

Lebensweise auf dieser Insel, die den Schmerz lebendig hielt.

Zu dem Zeitpunkt, als ich zu ihm kam, um bei ihm zu leben, hatte er gerade die Maske beherrschen gelernt, die er für den Rest seines Lebens als Gesicht tragen sollte: straffe Haut, schmale, tiefliegende Augen – wie in das Innere seines Kopfes zurückgezogen, so daß es unmöglich war, durch sie Aufschluß über ihn zu erhalten –, die Lippen zu einem leichten Lächeln geöffnet. Er wirkte vertrauenerweckend. Seine Kleidung war immer ordentlich gebügelt, sauber, makellos. Er wollte nicht, daß die Leute ihn genauer kannten, er vermied es, in der Gegenwart von Fremden zu essen oder in der Gegenwart von Menschen, die ihn fürchteten.

Wer war er? Ich frage mich das die ganze Zeit, bis auf den heutigen Tag. Wer war er? Er war ein großer Mann, sein Haar war rot; seine Augen waren grau. Seine Frau, die Frau, die er geheiratet hatte, nachdem meine Mutter bei meiner Geburt starb, war die einzige Tochter eines Häuptlings, eines Mannes, der auf seinem eigenen Land Bananen und Kaffee und Kakao anbaute (die Ernte wurde weiterverkauft, an einen Europäer, der sie exportierte). Sie kam ohne Geld zu meinem Vater, aber ihr Vater verschaffte ihm viele Beziehungen. Sie kauften gemeinsam anderen Leuten ihr Land ab, sie teilten den Gewinn auf eine Weise, die für beide zufriedenstellend war, sie stritten nie, aber sie schienen keine engen Freunde zu sein; mein Vater besaß so etwas nicht, einen engen Freund. Wann er die Tochter seines gelegentlichen kriminellen Partners kennenlernte, weiß ich nicht. Es hätte eine Nacht voller Sterne sein können oder eine Nacht ohne jegliches Licht von oben oder ein Tag, an dem die Sonne hell am Himmel stand, oder einer, der so düster war, daß man bedauerte, am Leben zu sein. Ich weiß es nicht, und ich möchte es auch nicht erfahren. Ihre Stimme hatte etwas Harsches, Hitziges an sich; wenn es eine Sprache gibt, die ihre Stimme musikalisch klingen lassen könnte, so daß sie Verlangen weckte, dann kenne ich sie noch nicht.

Mein Vater muß mich damals geliebt haben, doch er hat es mir nie gesagt. Ich habe ihn diese Worte nie zu irgend jemandem sagen hören. Er wollte, daß ich weiter zur Schule ging, er sorgte selbst dafür, aber ich weiß nicht, warum. Er wollte, daß ich länger zur Schule ging, als es die meisten Mädchen taten. Ich besuchte die Schule über das Alter von dreizehn hinaus. Niemand sagte mir, was ich mit mir anfangen sollte, wenn ich mit der Schule fertig war. Es war ein großes Opfer, daß ich zur Schule gehen durfte, denn zu Hause wäre ich, wie seine Frau häufig betonte, nützlicher gewesen. Er gab mir Bücher zu lesen. Er gab mir eine Lebensbeschreibung von John Wesley, und während ich sie las, fragte ich mich, was das Leben eines Mannes, der so von geistiger Unruhe und Frömmigkeit erfüllt war, mit mir zu tun hatte. Mein Vater war Methodist geworden, er ging jeden Sonntag zur Kirche; er lehrte in der Sonntagsschule. Je mehr er stahl, je mehr Geld er besaß, desto häufiger ging er zur Kirche; diese Verknüpfung ist nicht ungewöhnlich. Und je reicher er wurde, desto fester saß die Maske seines Gesichts, so daß ich mich heute nicht mehr erinnern kann, wie er wirklich aussah, als ich ihn vor langer Zeit kennenlernte, noch bevor ich zu ihm kam, um bei ihm zu leben. Und so waren meine Mutter und mein Vater ein Rätsel für mich: die eine wegen ihres Todes, der andere wegen der Wirrnis des Lebens; die eine hatte ich nie gesehen, den anderen sah ich ständig.

Die Welt, die ich nun kennenlernte, war voller Gefahr und Verrat, doch ich wurde nicht ängstlich, ich wurde nicht vorsichtig. Ich war nicht unempfindlich für die Gefahr, die die Frau meines Vaters für mich darstellte, und ich war nicht unempfindlich für die Gefahr, die meine Gegenwart ihrer Ansicht nach für sie darstellte. Daher versuchte ich, mich im Haus meines Vaters, das ihr Heim war, in eine Atmosphäre des Entschuldigens zu hüllen. Ich fühlte mich in Wirklichkeit zwar nicht für irgend etwas schuldig, ich hatte nichts getan, weder absichtlich noch zufällig, was eine Bitte um Verzeihung gerechtfertigt hätte, aber mein Vorgehen war eine Waffe – eine Taktik, um sie von mir abzulenken und zu überzeugen, daß ich ein bemitleidenswertes Wesen war, ein unwissendes Kind. Ich mochte sie nicht, ich wünschte ihr nicht den Tod, ich wollte nur, daß sie mich in Ruhe ließ. Ich achtete sehr darauf, daß ich dieses frömmelnde Bravsein nicht zu weit trieb, weil ich nicht die Sympathie anderer Menschen auf mich lenken wollte, vor allem nicht die meines Vaters, denn ich rechnete mir aus, daß sie eifersüchtig sein würde. Ich nahm eine bestimmte Version dieser Bravheit mit in die Schule. Für meine Lehrer wirkte ich ruhig und fleißig; ich war bescheiden, was hieß, daß ich für sie so wirkte, als hätte ich keinerlei Interesse an der Welt meines Körpers oder am Körper von irgend jemandem sonst. Diese lästige Forderung war nur eine von vielen Forderungen, die allein deshalb an mich gestellt wurden, weil ich weiblich war. Von dem Augenblick an, da ich frühmorgens aus dem Bett stieg, bis zu dem Zeitpunkt, da ich mich im Dunkel der Nacht wieder zudeckte, beging ich viele betrügerische Täuschungsmanöver, doch es war deutlich zu sehen, wer ich in Wirklichkeit war.

Nachts lag ich in meinem Bett und richtete mein Ohr auf die Geräusche, die von drinnen aus dem Haus und von draußen kamen, ich erkannte jedes Geräusch und trennte die wirklichen von den unwirklichen: ob die Schreie, die kreuz und quer durch die Nacht hallten und die Schwärze in lauter Bändern zur Erde fallen ließen, Schreie von Fledermäusen waren oder von jemandem, der in die Gestalt einer Fledermaus geschlüpft war; ob das Geräusch von Flügeln, die in jenem so lichtlosen Raum schlugen, von einem Vogel stammte oder von jemandem, der in die Gestalt eines Vogels geschlüpft war. Das Geräusch des Gartentors, das geöffnet wurde, stammte von meinem Vater, der, lange nachdem die Stille des Schlafs die meisten in seinem Haushalt übermannt hatte, nach Hause kam; mit verstohlenem, aber sicherem Schritt betrat er den Hof und stieg die Treppe hoch; mit seiner Hand öffnete er die Eingangstür seines Hauses, schloß die Tür hinter sich, schob den Riegel vor, der die Tür sicherte, ging in einen anderen Teil des Hauses; er aß nie noch etwas, wenn er spät in der Nacht nach Hause kam. Das Geräusch des Meeres war dann, in der Nacht, ganz deutlich zu hören, manchmal als leises Schwirren, als Plätschern von Wellen gegen das Ufer aus schwarzen Steinen, manchmal mit der Wut von Wasser, das in einem Kessel kocht, der wackelig auf einem Feuer steht. Und manchmal, wenn die Nacht vollkommen still und vollkommen schwarz war, konnte ich draußen den langgezogenen Seufzer von jemandem hören, der auf dem Weg in die Ewigkeit war; und dies vor allem anderen war es, was den unsicheren Frieden all dessen störte, was wirklich war: die Hunde, die unter Häusern schliefen, die Hühner in den Bäumen, die Bäume selber, die herumrumorten, auf eine Weise, die nicht Entwurzelung andeutete, sondern nur ein Herumrumoren, so als wünschten sie, sie könnten davonlaufen. Und wenn ich dann noch weiter horchte, konnte ich das Geräusch von denen hören, die auf dem Bauch krochen, denen, die vergiftete Lanzen trugen, und denen, die ein tödliches Gift in ihrem Speichel trugen; ich konnte die hören, die jagten, und die, die gejagt wurden, die kläglichen Schreie der kleinen Wesen, die gerade verschlungen wurden, gefolgt von der vorübergehenden Befriedigung derer, die verschlangen: all dies hörte ich Nacht für Nacht, wieder und immer wieder. Und es endete erst, wenn meine Hände in zärtlicher Liebkosung überall auf meinem Körper hin und her gewandert waren, bis sie schließlich zu der weichen, feuchten Stelle zwischen meinen Beinen gelangten und bis meinen Lippen ein Seufzer der Lust entfuhr, den ich niemandem zu hören gestattete.

Es ließ sich vielleicht nicht vermeiden, daß ich den langen Weg vom Haus meines Vaters zu meiner Schule im nächsten Dorf, kaum kannte ich ihn so gut wie meinen eigenen Handrücken, schon wieder hinter mir lassen mußte. Dieser Weg, volle acht Kilometer hin und acht Kilometer zurück, verlor nie einen gewissen Schrecken für all die Kinder, die ihn benutzten, und wir versuchten, nie allein zu sein. Wir gingen immer in Gruppen. In jedem Jahr und zu jeder denkbaren Zeit waren wir nicht mehr als ein Dutzend, mehr Jungen als Mädchen. Wir waren keine Freunde; so etwas wurde möglichst unterbunden. Wir sollten einander niemals trauen. Das war wie ein Motto, das unsere Eltern ständig wiederholten; es war ein Teil meiner Erziehung, so etwas wie gutes Benehmen: Du kannst diesen Leuten nicht trauen, pflegte mein Vater zu mir zu sagen, mit denselben Worten, die die Eltern der anderen Kinder zu ihnen sagten, vielleicht sogar genau zur selben Zeit. Daß »diese Leute« wir selber waren, daß uns dieses Beharren auf dem Mißtrauen anderen gegenüber beigebracht wurde, daß Menschen, die einander so ähnlich waren, weil sie eine gemeinsame Geschichte des Leidens, der Demütigung und der Versklavung besaßen, lernen sollten, einander selbst als Kinder zu mißtrauen, ist inzwischen kein Rätsel mehr für mich. Die Menschen, denen wir natürlicherweise hätten mißtrauen sollen, waren vollständig außerhalb unseres Einflußbereichs; was wir brauchten, um sie zu besiegen, um uns von ihnen zu befreien, war etwas sehr viel Wirkungsvolleres als Mißtrauen. Das gegenseitige Mißtrauen war nur eines der vielen Gefühle, die wir füreinander hatten, und alle waren das Gegenteil von Liebe, sie alle standen an der Stelle von Liebe. Es war, als konkurrierten wir miteinander um einen heimlichen Preis und hätten Angst, daß jemand anders ihn bekam; jegliche Liebesbekundung wäre da nicht echt gewesen, denn Liebe hätte einem anderen den Vorsprung verschafft.

Wir waren keine Freunde. Auf unserem gemeinsamen Schulweg verband uns eine Kameradschaft, die auf Furcht gegründet war, einer Furcht vor Dingen, die wir nicht sehen konnten, und wenn jene Dinge zu sehen waren, konnten wir oft ihre Gefahr nicht richtig begreifen, so verwirrend war vieles an der Wirklichkeit. Erst wenn wir die unmittelbare Umgebung unseres Dorfes hinter uns gelassen hatten und nicht mehr im Blickfeld unserer Eltern waren, rückten wir dicht zusammen. Wir redeten dann miteinander, doch unsere Unterhaltung hatte immer mit dem Grauen zu tun. Wie hätte es auch anders sein sollen? Wir hatten gesehen, wie dieser Junge in der Mündung des Flusses ertrunken war, den wir jeden Tag überquerten. Wenn unser Unterricht erfolgreich gewesen wäre, hätten die meisten von uns nicht geglaubt, daß sie Zeuge so einer Sache geworden waren. Wenn wir behaupteten, wir hätten gesehen, wie dieser Junge zu der Frau hintrieb, die von Früchten umgeben war, und dann in den Fluten der Flußmündung verschwand, so hieß das mit anderen Worten, daß wir in einer Dunkelheit lebten, aus der wir nicht erlöst werden konnten. Ich konnte damals und kann heute mit Erlösung nichts anfangen.

Mein Vater glaubte nicht, daß ich den Jungen mit eigenen Augen hatte ertrinken sehen. Er war verärgert, daß ich behauptete, ich hätte es gesehen, er machte meinen Umgang dafür verantwortlich. Er sagte, ich dürfe nicht mit diesen anderen Kindern sprechen; er sagte, sie kämen nicht aus guten Häusern oder von guten Menschen; er sagte, ich solle nicht vergessen, daß er mein Vater war und daß er ein wichtiges öffentliches Amt bekleide und daß es ihm nur Unannehmlichkeiten bereite, wenn ich solche Sachen erzählte. Ich habe am besten behalten, wie er zu mir sagte, ich hätte nicht gesehen, wovon ich wußte und noch immer weiß: Ich hatte es gesehen. Mein Vater hatte die gespenstische Blässe seines Vaters geerbt, diese Haut, die aussieht, als warte sie darauf, daß eine neue Haut, eine richtige Haut kommt und sie verdeckt, und seine Augen waren grau, wie die Augen seines Vaters, und auch sein Haar war vom selben Rot und Braun wie das seines Vaters; nur die Beschaffenheit seines Haars war wie bei seiner Mutter: dick und dicht gelockt. Sie war eine Frau aus Afrika, von wo genau in Afrika, wußte niemand, und was würde es auch nützen, wenn man es herausfände, sie kam einfach von irgendwo aus Afrika, jenem Ort auf der Landkarte, der eine Anordnung aus gelben Umrissen und Schattierungen war. Und er zeigte mit seinem braunrosa, rosabraunen Finger auf mich und sagte, ich hätte nicht gesehen, was ich gesehen hatte, hätte nicht sehen können, was ich gesehen hatte, hätte nicht, hätte nicht, hätte nicht, aber ich hatte, ich hatte, ich hatte. Doch ihm gegenüber bestand ich auch gar nicht auf der Wirklichkeit dessen, was ich wußte. Und ich erzählte ihm nicht von dem Tag, als ich allein von der Schule kam und einen gefleckten Affen in einem Baum sitzen sah und drei Steine nach ihm warf. Der Affe fing den dritten auf und warf ihn nach mir und traf mich über dem linken Auge, in die Härchen meiner Braue, und es blutete ganz fürchterlich, so als wolle es nie aufhören. Irgendwie wußte ich, daß die roten Beeren von einem bestimmten Busch das Blut zum Stocken bringen würden. Als mein Vater die Wunde sah, glaubte er, sie stamme von den Händen eines Schulkameraden, eines Jungen, den ich schützen wollte, so daß ich seinen Namen nicht preisgab. Damals war es auch, daß er den Plan faßte, mich auf die Schule in Roseau zu schicken, um mich dem schlechten Einfluß von Kindern zu entziehen, die mir Wunden beibrachten, die ich vor seinem Zorn schützte und die, da war er sicher, männlich waren. Nach diesem Gefühlsausbruch, den er als Ausdruck seiner Liebe zu mir verstand, der mich aber nur von neuem den Haß und die Abkapselung spüren ließ, in der wir alle lebten, wurde sein Gesicht wieder zu einer Maske, die nicht zu entziffern war.

Auf jener Straße, die ich so gut kennenlernen sollte, verbrachte ich einige der herrlichsten Augenblicke meines Lebens. Am späten Nachmittag konnte ich über eine weite Strecke lang die Spiegelung des Sonnenlichts auf der Meeresoberfläche sehen, und immer wirkte sie wie eine Erwartung, die kurz vor ihrer Erfüllung stand, als würde jeden Augenblick eine kleine Stadt aus dem Wasser aufsteigen, die nur aus diesem besonderen Licht bestand, und von ihr würde eine Freude ausgehen, die mir noch unvorstellbar war. Und ich kannte eine Stelle etwas abseits von dieser Straße, wo die herrlichsten Cashewbäume wuchsen; und der Saft ihrer Früchte machte mir Bläschen auf den Lippen, und meine Zunge fühlte sich an, als hätte sie sich in einem Zwirnknäuel verfangen, so daß mir zeitweise das Sprechen schwerfiel, und ich fand das – das mühsame Sprechen und die Aussicht, daß ich darum kämpfen müßte, je wieder zu sprechen – köstlich. Auf dieser Straße war es, daß ich zum erstenmal von einer Sorte Wetter unmittelbar in die andere wanderte: aus einem heftigen, kalten Regen in helle, klare mittägliche Hitze. Und es war diese Straße, auf der meine Schwester, die Tochter meines Vaters mit seiner Frau, auf ihrem Fahrrad entlangradelte, nachdem sie sich mit einem Mann getroffen hatte, den mein Vater ihr verboten hatte und den sie später heiratete, und plötzlich einen Abhang hinabstürzte und nach dem Unfall lahm und unfruchtbar war und ihre Augen nicht mehr normal ausrichten konnte. Das ist keine schöne Erinnerung; ihr Leiden ist selbst heute für mich noch etwas sehr Reales.

Schon bald nachdem ich zu ihnen gekommen war, begann die Frau meines Vaters ihre eigenen Kinder zu bekommen. Sie gebar erst einen Sohn, dann bekam sie ein Mädchen. Das hatte zwei vorhersagbare Folgen: sie ließ mich in Ruhe, und sie schenkte ihrem Sohn mehr Aufmerksamkeit als ihrer Tochter. Daß sie nicht besonders hoch von dem Menschen dachte, der ihr am ähnlichsten war – eine Tochter, ein weibliches Wesen –, war so normal, daß es nur aufgefallen wäre, wenn es anders gewesen wäre: Für Menschen wie uns war es fast ein Naturgesetz, all das zu verachten, was uns am meisten glich. Dieses Schicksal meiner Schwester ließ mich eine überwältigende Sympathie für sie empfinden. Sie mochte mich nicht – ihre Mutter hatte ihr gesagt, daß ich ihre Feindin sei, daß mir nicht zu trauen sei, daß ich wie ein Dieb im Haus sei und nur auf den richtigen Moment warte, um ihnen ihr Erbteil zu stehlen. Das überzeugte meine Schwester, und sie mißtraute mir, und sie mochte mich nicht; die ersten Schimpfwörter, die sie überhaupt sagen konnte, waren gegen mich gerichtet. Wenn mein Vater nicht da war, hatte die Frau meines Vaters unter vier Augen stets zu mir gesagt, daß ich nicht sein Kind sein könne, weil ich nicht aussah wie er, und es stimmte, daß ich keines seiner körperlichen Merkmale besaß. Meine Schwester dagegen sah genauso aus wie er: ihr Haar und ihre Augen hatten dieselbe Farbe wie bei ihm, rot und grau; auch ihre Haut hatte dieselbe Farbe wie seine, sie war dünn und rot, nicht rot wie sein Haar, anders rot, so wie die Erde an manchen Stellen aussieht. Doch sie besaß nicht seine Ruhe und seine Geduld; sie ging wie ein Krieger und konnte die Wut, die in ihr war, nicht zügeln. Ebensowenig besaß sie seine Fähigkeit, die eigene Meinung für sich zu behalten; jede Idee, die ihr durch den Kopf schoß, mußte ausgesprochen werden, so daß sie mich, wann immer sie mich sah, sofort wissen ließ, was meine Anwesenheit ihr eingab. Ich haßte sie nie, ich hatte nur Sympathie für sie. Ihre Tragödie war größer als meine; ihre Mutter liebte sie nicht, aber ihre Mutter war lebendig, und sie sah ihre Mutter jeden Tag, und jeden Tag ließ ihre Mutter sie spüren, daß sie nicht geliebt wurde. Meine eigene Mutter war tot. Es war der Sohn, den die Frau meines Vaters vorzog, jedoch nicht stärker liebte, denn dazu war sie nicht fähig – zu Liebe; sie zog ihn vor, weil er nicht wie sie war: Er war nicht weiblich, er war männlich. Dieser Junge glaubte, und er wurde in dem Glauben bestärkt, daß er sowohl in körperlicher als auch in geistiger Hinsicht wie sein Vater war, und so hieß es von ihm, er gehe wie sein Vater und bestimmte Gesten von ihm seien wie die seines Vaters, aber das traf nicht zu; es war nicht so, nicht wirklich. Er ging zwar wie mein Vater, und er hatte einige seiner Gesten, aber dieser Gang meines Vaters war keine natürliche Eigenschaft meines Vaters, und seine Gesten waren ebensowenig seine natürlichen. Mein Vater hatte sich selbst erfunden, hatte sich im Laufe seines Lebens selber hergestellt; wenn er etwas wollte, präparierte er sich für die Situation, er paßte seine gesamte Erscheinung der Lage an. Der Mann, mein Vater, den seine Frau und sein Sohn vor Augen hatten, der Mann, zu dem ihrem Willen nach der Junge werden sollte, existierte zwar, aber die Person, die sie sahen, war eine Bekundung der Wünsche meines Vaters, eine Bekundung seiner Bedürfnisse; der Mensch, den sie vor sich hatten, war wie ein Anzug, den mein Vater sich hatte machen lassen, und schließlich hatte er ihn so lange getragen, daß er sich nicht mehr ausziehen ließ, er überdeckte vollständig die Person, die er wirklich war; wer er wirklich hätte sein können, wußte niemand mehr, nicht einmal er selbst. Mein Vater war ein Dieb, er war ein Gefängnisaufseher, er sagte Unwahrheiten, er übervorteilte die Schwachen; das war es, was er seinem innersten Wesen nach war; so verhielt er sich zu allen Zeiten seines Lebens, doch am Ende seines Lebens wußte er von ihnen allen nichts mehr – dem Gefängnisaufseher, dem Dieb, dem Lügner, dem Feigling. Er glaubte von sich, er sei ein Mann der Freiheit, aufrichtig und mutig; er glaubte daran, so wie er an die Wirklichkeit all dessen glaubte, was ihn unmittelbar umgab, wie etwa die Wärme der Sonne oder das Blau des Himmels, und nichts konnte ihn davon überzeugen, daß genau das Gegenteil zutraf. Das war kein Sachverhalt, den seine Frau oder sein Sohn kannten oder hätten kennen können, und so führte sein Sohn von Anfang an ein leidvolles Leben, ein nachgeahmtes Leben, ein Leben, dessen Ursprung er nicht kannte. Wenn ich ihn – so dünn, so blaß – mit ungefähr elf Jahren einen weißen Leinenanzug tragen sah, die genaue Kopie von dem seines Vaters; mit seinem schwarzen Haar, das wie das seiner Mutter war und gewaltsam geglättet an seinem Schädel klebte; mit seinem unbeholfenen, unsicheren Gang, als habe er gerade erst gelernt, seine Füße zu gebrauchen; wenn ich ihn zur Kirche gehen sah, um einen Gott anzubeten, an den mein Vater in Wirklichkeit nicht glaubte, weil mein Vater an überhaupt keinen Gott glauben konnte; wenn ich sah, wie er sich so schrecklich mühte, diesem Mann zu gleichen, den er nicht kannte, dessen Handlungen er nie überprüft hatte –, dann erfüllte mich all das nur mit Mitleid und Traurigkeit; und so fand ich auch nicht, daß es eine Tragödie war, als er starb, bevor er neunzehn Jahre alt war, ich fand es nur barmherzig, daß sein Leben aus Elend und Qual so kurz war. Sein Tod war lang und leidvoll, und die Ursache war unbekannt, vielleicht sogar unerkennbar; als er gestorben war, gab es keine leere Stelle dort, wo er gewesen war, und die Trauer seiner Mutter und die Trauer meines Vaters um ihn wirkten eher rätselhaft, wie ein großes Warum und Was, denn wer war dieser Junge, dieser Mensch, den sie betrauerten?

Und so lernte ich die Welt, in der ich lebte, sehr genau kennen. Ich wußte, wie ich die langen Schweigezeiten deuten mußte, die die Frau meines Vaters zwischen uns errichtet hatte. Manchmal lag gar nichts in solch einem Schweigen; manchmal war es mit blanker Bosheit erfüllt: manchmal wollte sie meinen Tod, manchmal war es ihr gleichgültig, daß ich lebendig war. Daß sie mir den Tod wünschte, war eine automatische Reaktion; sie hatte mich nie geliebt, sie hatte von Anfang an nicht den Wunsch gehabt, mich lebendig zu sehen, und als sie mich dann sah, mich wirklich sah, mich anschaute und begriff, wer ich war, konnte sie mir nur den Tod wünschen. Doch nach ihrem ersten ernsthaften Versuch – als sie mir die Kette schenkte, die ich darauf ihrem Lieblingshund als Geschenk überreichte, und die Kette gab dem Hund den Tod, der für mich gedacht war –, waren die anderen Versuche, die sie unternahm, eher halbherzig; das lag zum einen daran, daß sie merkte, wie sehr ich überleben wollte, zum anderen, daß ihr Leben als Mutter eines zukünftigen großen Mannes sie völlig in Anspruch nahm. Als ihr

Sohn starb, lebte ich nicht mehr in ihrem Haus, ich war aus ihrem Blickfeld verschwunden, sie hatte mich nicht mehr, konnte mich nicht mehr anschauen und sich vielleicht dafür an mir rächen, daß ich immer noch lebte.

Wenn man ein menschliches Wesen von früher Kindheit an beobachtet, wenn man sieht, wie jemand Gestalt annimmt, so wie eine Blumenknospe, bei der anfangs alle Blütenblätter fest umeinander gelegt sind, dann lockern sie sich ganz natürlich und entfalten sich –, diese beginnende Blüte und das Leben während der Blütezeit, all das muß ein wunderbarer Anblick sein; wenn man sieht, wie sich Erfahrung in den Augen sammelt und um die Mundwinkel herum, wie eine Last sich auf die Stirn legt, wie Herz und Seele schwer werden und wie der Schritt sich verlangsamt, nicht als Folge des Alters, sondern aus Vorsicht vor dem Leben –, wenn man all dies beobachtet, dann ist das ganz wunderbar, ein ganz wunderbarer Anblick; das Vergnügen des Beobachters, des Schauenden, ist eine unsichtbare Strömung zwischen den beiden, dem Beobachteten und dem Beobachter, dem Angeschauten und dem Schauenden, und ich glaube, daß ohne diese unsichtbare Strömung kein Leben vollkommen ist, kein Leben wirklich ganz ist, und das ist in vieler Hinsicht eine Definition der Liebe. Niemand beobachtete mich und schaute mich an, ich beobachtete und schaute mich selber an; die unsichtbare Strömung begann bei mir, und sie endete bei mir. Ich begann mich selber zu lieben, aus Trotz, aus Verzweiflung. Wenn es nichts anderes gibt, langt eine solche Liebe auch, doch sie langt eben nur, sie ist nicht die beste Sorte; sie hat den Geschmack von etwas, was zu lange auf einem Bord gelegen hat und ranzig geworden ist. Wenn man es ißt, dreht es einem den Magen um. Sie langt, sie langt, aber nur, weil da nichts anderes ist, was an ihre Stelle tritt; sie ist nicht zu empfehlen.

Und so kam es, daß ich nicht überrascht war, als ich zum ersten Mal die dicke, rote Flüssigkeit meines Menstruationsblutes sah, und keine Angst hatte. Ich hatte nie davon gehört, ich hatte das Blut nicht erwartet, ich war zwölf Jahre alt, aber für meinen jungen Verstand, für meinen Körper und meine Seele hatte sein Auftauchen die Gewalt von einem Schicksal, das sich erfüllte; es war, als hätte ich seit jeher Kenntnis davon gehabt, es aber nie wirklich ins Bewußtsein gelassen, hätte nie gewußt, wie ich es in Worte fassen sollte. Es kam bei jenem ersten Mal so dick und rot und reichlich, daß es unmöglich war, es nur für ein Omen zu halten, eine Art von Warnung, ein Symbol; es war einfach es selber, mein Menstruationsblut, und ich wußte sofort, daß es großen Ärger für mich bedeuten würde, wenn es nicht regelmäßig nach einer gewissen Zeitspanne wieder erschien. Vielleicht begriff ich da, daß das Kind in mir niemals so weit gestillt sein würde, daß ich selbst ein Kind haben könnte. Ich kaufte vier Säcke bei einem Bäcker, solche, in denen Mehl transportiert wurde, und nachdem ich die eingefärbten Markenzeichen in einer langwierigen Prozedur des Waschens und Bleichens in der brennenden Sonne entfernt hatte, machte ich aus jedem vier rechteckige Lappen und benutzte sie als Windeln, um mein Blut aufzufangen, das zwischen meinen Beinen hervorfloß. Nachdem die Frau meines Vaters mir dabei zugesehen hatte, wie ich dieses eine Werk begann und vollendete, sagte sie zu mir, daß sie sich, wenn ich eine richtige Frau sein würde, vor mir werde hüten müssen. Zum damaligen Zeitpunkt hielt ich solch eine Bemerkung für ungerechtfertigt, denn was sie anbetraf, war immer noch ich auf der Hut. Es war auch etwa zur selben Zeit, daß die Beschaffenheit meines Körpers und der Geruch meines Körpers sich zu ändern begannen; rauhe Haare erscheinen unter meinen Armen und an der Stelle zwischen meinen Beinen, wo vorher keine gewesen waren, meine Hüften rundeten sich, meine Brust wurde dicker und schwoll erst leicht an, und zwischen meinen Brüsten entstand dann eine tiefe Spalte; das Haar auf meinem Kopf wurde lang und weich, und die Wellen darin vertieften sich, meine Lippen breiteten sich über mein Gesicht aus und verdickten sich zur Form eines Herzens, auf das jemand getreten hatte. Ich schaute mich immer in einer alten Scherbe von einem zerbrochenen Spiegel an, die ich im Müll unter dem Haus meines Vaters gefunden hatte. Der Anblick meines veränderten Ichs erschreckte mich nicht, ich fragte mich nur, wie ich wohl am Ende aussehen würde; ich hatte nie einen Zweifel, daß, was auch immer mir entgegenstarren mochte, mir vollkommen gefallen würde. Und so änderte sich auch der Geruch in meinen Achseln und zwischen meinen Beinen, und diese Veränderung gefiel mir. An diesen Stellen wurde der Geruch scharf und durchdringend, als würde sich irgend etwas ganz allmählich gärend zersetzen; wenn ich damals alleine war, hielten meine Hände sich fast immer an diesen Orten auf, das tun sie auch jetzt noch, und wenn ich in der Öffentlichkeit war, waren eben diese Hände nie sehr weit von meiner Nase entfernt, so sehr genoß ich meinen Geruch und tue es noch heute.

Mit vierzehn hatte ich die Angebote der winzigen Schule in Massacre, dem winzigen Dorf zwischen Roseau und Mahaut, ausgeschöpft. Ich wußte längst viel mehr, als diese Schule mir beibringen konnte. Seit Beginn meines Lebens ahnte ich, daß ich eine Sache immer dann wissen würde, wenn es nötig war, ich hatte schon vor langer Zeit bemerkt, daß ich meinem Instinkt trauen konnte, daß ich, sollte ich je in einer schwierigen Situation sein, nur lange genug darüber nachsinnen müßte, und es würde eine Lösung auftauchen. Daß dieser Ansicht über das Leben Grenzen gesetzt sein würden, konnte ich nicht wissen, doch mein Leben war auf seine eigene Weise ohnehin schon klein und begrenzt.

Durch die Geschichte wußte ich auch von einer beträchtlichen Anzahl von Menschen, denen ich niemals begegnen würde. Die Tatsache als solche hätte mich noch nicht davon abgehalten, etwas über sie zu erfahren; es war nur so, daß sich hinter dieser Geschichte von Völkern, denen ich nie begegnen würde – den Römern, Galliern, Sachsen, Britanniern oder dem britischen Volk –, eine tückische Absicht verbarg: Ich sollte mich erniedrigt, demütig, klein fühlen. Sobald ich diese gegen mich gerichtete Tücke ausgemacht und zur Kenntnis genommen hatte, begann mich diese Bekundung von Eitelkeit zu fesseln: Der Duft des eigenen Namens und der eigenen Taten wirkt berauschend, er ermüdet oder erschöpft einen nie; er ist sich selber Ansporn, er ist sich selber Nahrung. Und ich lernte auch, daß niemand sich selbst wirklich richten kann; indem man seine eigenen Verfehlungen beschreibt, verzeiht man sie sich; indem man seine bösen Taten bekennt, hat man sie sich auch schon verziehen, und deshalb ist Schweigen die einzige Form der Selbstbestrafung: Man lebt, auf immer in den eisernen Käfig des eigenen Schweigens gesperrt, und von Zeit zu Zeit wird dieses Schweigen von einem ausersehenen Rufer durchbrochen, von jemandem, der in abgebrochenen oder vollständigen Sätzen immer und immer wieder eine Liste der Übertretungen, der bösen Taten wiederholt, die begangen worden sind.

Ich war noch nie in Roseau gewesen, nicht vor jenem Tag in meinem vierzehnten Jahr, als mein Vater mich zum Haus eines Mannes mitnahm, den er kannte, Monsieur LaBatte, Monsieur Jacques LaBatte, Jack, wie ich ihn später im bitteren und süßen Dunkel der Nacht nennen sollte. Auch er war ein Mann ohne Prinzipien, und das überraschte mich weder noch enttäuschte es mich, ich mochte ihn deswegen nicht mehr oder weniger. Mein Vater und er kannten sich von finanziellen Absprachen, die sie miteinander trafen. Sie bezeichneten einander als Freunde, doch diese Freundschaft war auf ein brüchiges Fundament gegründet, das jeden, der die Welt und die materiellen Dinge in ihr nicht liebt, nur traurig machen würde. Und von Roseau sprach man nicht als von einer Stadt, selbst damals nicht, als alles dort so entsetzlich war, daß es getarnt und als etwas anderes ausgegeben werden mußte, als etwas der Wahrheit völlig Entgegengesetztes; man nannte Roseau die Hauptstadt, die Hauptstadt von Dominica. Auch sie besaß ein brüchiges Fundament und wurde von Zeit zu Zeit durch Naturgewalten zerstört, einen Hurrikan oder Wasser, das vom Himmel kam, als wäre plötzlich das Meer oben und das Firmament unten. Als Stadt konnte man Roseau nicht bezeichnen – als ein Zentrum von Handel und Kultur und Ideenaustausch zwischen Menschen, als Ort der Intrigen, Ort des Ränkeschmiedens und der Entscheidung über die Schicksale von vielen; derartige ehrenwerte Ansprüche konnte der Ort nicht verkörpern; er war alles andere als eine Stadt, er war ein Außenposten, eine Zwischenstation für Menschen, mit denen etwas schiefgegangen war, entweder durch eigenes Zutun oder ohne eigenes Verschulden; und es gab damals viele Orte wie Roseau, Außenposten der Verzweiflung; für Eroberer ebenso wie für die Eroberten waren solche Orte die Hauptstädte von nichts als Verzweiflung. Das war keine Überraschung für die, die gezwungenermaßen an solch einem Ort lebten, und dennoch besaß dieser Ort einiges an unerwarteter und deshalb erregender Schönheit. Sie war an der Art zu erkennen, wie die Häuser sich aneinander drückten, wie sie klein und schief zusammengepfercht waren, als seien sie absichtlich schlecht gebaut, wie sie in harten Rot-, Blau-, Grün- oder Gelbtönen bemalt oder manchmal überhaupt nicht angestrichen waren, so daß das nackte Holz den Elementen ausgesetzt war und eine hellgraue Färbung angenommen hatte. In dieser Sorte Häuser wohnten Menschen, deren Haut vor Erschöpfung glänzte und deren Gesichter traurig aussahen, auch wenn sie Grund zum Glücklichsein hatten, Menschen, für die die Geschichte ein großer, dunkler Raum war, der sie gelehrt hatte, das Schweigen zu hassen. Und manchmal gab es einen leichten Wind und manchmal die Stille der Bäume und manchmal den Untergang der Sonne und manchmal den Anbruch der Morgendämmerung und den süßen, krankmachenden Geruch der weißen Lilie, die nur nachts blühte, und den süßen, krankmachenden Geruch von irgend etwas Totem, etwas Tierischem, Verwesendem. Als ich diese Schönheit zum erstenmal sah – ich sah sie in Bruchstücken, nicht auf einmal –, war ich froh, daß ich lebte; ich konnte dieses Gefühl der Freude beim Anblick des Neuen und Fremden, des Ungewohnten, nicht erklären. Und dann, sehr viel später, als all diese Dinge zu einem Teil von mir geworden waren, einem Teil meines täglichen Lebens, war dieses Gefühl von Glück und Freude nicht mehr möglich, doch ich sehnte mich danach, ich wünschte, ich könnte mich wieder neu fühlen, eine Quelle der Fröhlichkeit in mir entspringen fühlen, mich voller Hoffnung fühlen, mich wieder jung fühlen. Auch jetzt würde ich mich gerne unverbraucht fühlen, so als müßte ich nie sterben, doch das ist nicht möglich; ich kann mich nur danach sehnen, ich kann niemals mehr so sein.

Erst lange nachdem mein Vater mich aus seinem Haus und aus den Augen seiner Frau geschafft hatte, begriff ich, daß er wußte, er mußte es tun. Ich habe nie verstanden, was er in mir sah, ich habe nie verstanden, was er sich von mir erwartete; damals schien eine Absicht dahinter zu stecken, hinter diesem Wechsel nach Roseau; er wollte, daß ich weiter zur Schule ging, er wollte, daß ich eines Tages Lehrerin wäre, er wollte gern sagen können, daß seine Tochter Lehrerin in einer Schule war. Daß ich vielleicht tatsächlich eigene Vorstellungen hatte, wäre ihm nie in den Sinn gekommen, und falls ich eigene Vorstellungen hatte, so waren sie mir nicht bewußt. Wie er die Atmosphäre in seinem Haus erlebte, wußte ich nicht. Was er in meinem Gesicht sah, hat er mir nie gesagt. Doch er brachte mich zu dem Haus dieses Mannes, den er von gemeinsamen Geschäften kannte, und überließ mich seiner Obhut und der seiner Frau. Ich war Kostgängerin, doch ich bezahlte auf meine eigene Weise. Im Austausch für das Zimmer und die Verpflegung in diesem Haus erledigte ich Hausarbeiten. Ich rebellierte nicht, ich konnte nicht rebellieren, ich wollte nicht rebellieren, ich wußte damals nicht, wie man offen rebelliert.

Ich lernte Monsieur und Madame am Nachmittag kennen, einem heißen Nachmittag. Ich lernte zuerst sie kennen, ohne ihn; er war allein in einem Zimmer im anderen Teil ihres Hauses, einem Zimmer, wo er Geld aufbewahrte, das er gerne immer wieder von neuem zählte; es war nicht alles Geld der Welt, das er besaß. Als ich Madame LaBatte zum erstenmal begegnete, stand sie vorm Eingang, dem Vordereingang ihres hübschen Hauses, mit seinem hübschen, sauberen Hof voll sorgfältig arrangierter Blumen und Steinhaufen; links und rechts von ihr waren zwei große Tuffs von Bleiwurz, deren blaue Blüten reglos in der heißen Luft standen. Sie trug ein weißes Kleid aus grobem Stoff, das mit einer Stickerei aus Blüten und Blättern verziert war; das fiel mir auf, weil es ein Kleid war, das Frauen in Mahaut nur sonntags zur Kirche getragen hätten. Ihr Kleid war nicht verschlissen, und es war sauber; es war nicht auf Figur geschnitten, sondern locker und saß schlecht, so als ob ihr Körper sie nicht mehr interessierte. Mein Vater sprach mit ihr, sie sprach mit meinem Vater, sie sprach mit mir; sie schaute mich an, ich schaute sie an. Nicht, weil wir einander taxierten; ich wußte nicht, was sie in meinen Augen zu sehen glaubte, doch heute kann ich sagen, daß ich ein unmittelbares Gefühl der Sympathie für sie hatte. Wieso Sympathie, wieso nicht das Gegenteil, wußte ich nicht, doch es war wirklich Sympathie, die ich empfand. Vielleicht deshalb, weil sie so sehr wie ein Mensch aussah, der etwas bekommen hatte, was er sich ganz schrecklich wünschte.

Sie hatte sich ganz schrecklich gewünscht, Monsieur LaBatte zu heiraten. Das hat mir die Frau erzählt, die jeden Tag kam, um ihre Wäsche zu waschen. Der verzweifelte Wunsch, einen Mann zu heiraten, ist, wie ich eingesehen habe, nicht ein Fehler, den Frauen begehen, es ist nur – na ja, was bleibt ihnen denn anderes übrig? Ich habe nie erfahren, warum sie ihn heiraten wollte. Ich habe eine Vermutung angestellt; er besaß einen kräftigen Körper, sie wurde von seinem kräftigen Körper angezogen, von seinen kräftigen Händen, seinem kräftigen Mund; es war ein großer Mund, und er muß den ihren ganz bedeckt haben, wenn er sie küßte.

Er verschlang meinen, wenn er mich küßte. Sie war keine zerbrechliche Frau, als sie sich kennenlernten, sie wurde erst später zerbrechlich; er hat sie verschlissen. Als sie sich kennenlernten, wollte er sie nicht heiraten. Er wollte überhaupt keine Frau heiraten. Sie gebaren ihm Kinder, und wenn die Kinder Jungen waren, erhielten diese Jungen seinen vollen Namen, aber niemals heiratete er die Mütter. Madame LaBatte fand einen Weg: Sie gab ihm etwas zu essen, was in einer Soße gekocht hatte, die aus ihrem Menstruationsblut bestand, und das band ihn an sie, und sie heirateten. Mit der Zeit nutzte sich dieser Zauber ab und ließ sich nicht wiederbeleben. Er fiel über sie her – nicht im Zorn, er hat die Falle, die ihm gestellt worden war, nie bemerkt –, er fiel mit der Kraft jener Waffe über sie her, die er zwischen seinen Beinen trug, und er verschliß sie. Ihr Haar war grau, doch nicht vom Alter. Wie so vieles an ihr hatte es einfach seine Kraft verloren, es lag auf ihrem Kopf ohne wirklich lebendig zu sein; ihre Hände hingen schlaff an ihr herunter. Sie war in ihrer Jugend schön gewesen, so schön wie alle Menschen es sind, wenn sie jung sind, aber später trat in ihr Gesicht die Person, die sie dann tatsächlich geworden war: eine Besiegte. Besiegtsein ist nicht schön; es ist nicht häßlich, aber es ist auch nicht schön. Ich war damals jung; ich war jung, ich verstand nicht. Wenn ich sie anschaute und Sympathie empfand, empfand ich auch Abscheu. Ich dachte: dies darf mir nie widerfahren, und ich meinte damit, daß ich es der Zeit und der Mächtigkeit der Lust nicht gestatten würde, mich zu ihrem Spielball zu machen. Ich war jung, so jung, und ich fühlte die Macht meiner Überzeugungen in mir; ich fühlte mich stark, und ich glaubte, ich würde es immer sein, ich fühlte mich neu und glaubte, auch das würde ich immer sein. Und zu jenem Zeitpunkt wurde die Kleidung, die ich trug, mir zu klein, meine Brüste wölbten sich vor und drückten gegen meine Bluse, mein Haar berührte meine Schultern mit einer Zärtlichkeit, die mich innerlich erschauern ließ, meine Beine waren heiß, und zwischen ihnen war etwas Feuchtes, eine süße, streng riechende Klebrigkeit. Ich war lebendig; ich konnte sehen, daß vor mir eine Frau stand, die es nicht war. Es war fast, als spürte ich eine Gefahr, und ich setzte mich schnell zur Wehr; dadurch daß ich sah, was ich sein könnte, wurde ich zu früh dessen Gegenteil.

Sie mochte mich. Diese Frau mochte mich; ihr Mann mochte mich; es gefiel ihr, daß er mich mochte. Als er schließlich, um meinen Vater und mich zu begrüßen, aus seinem Zimmer auftauchte, wo er sein Geld aufbewahrte, hatte Madame LaBatte mich schon aufgefordert, mich wie zu Hause zu fühlen, sie so zu behandeln, als sei sie meine Mutter, mich sicher zu fühlen, wann immer sie in der Nähe war. Sie konnte nicht wissen, was solche Worte für mich bedeuteten, was es bedeutete, wenn ich sie eine Frau zu mir sagen hörte. Natürlich glaubte ich ihr nicht, ich machte mir nichts vor, aber ich wußte, daß sie es so meinte, als sie diese Dinge zu mir sagte, sie meinte sie wirklich ernst. Ich mochte sie so sehr, mochte diesen Schatten ihres früheren Selbst, sie war so dankbar für meine Anwesenheit, sie war nicht mehr allein mit ihrem Gewinn und ihrer Niederlage. Er redete nicht gleich mit mir; es war ihm gleichgültig, ob ich es war oder jemand anders, um dessen Unterbringung ihn mein Vater gebeten hatte. Er mochte die stille Gier meines Vaters, und mein Vater mochte die schlichte Gier in ihm. Sie paßten zusammen; jederzeit konnte der eine den anderen betrügen, vielleicht hatten sie es zu dem Zeitpunkt schon getan. Monsieur LaBatte war schon ein reicher Mann, reicher als mein Vater. Er hatte bessere Verbindungen; er hatte seine Zeit nicht damit vergeudet, (aus Liebe) eine arme karibische Frau zu heiraten.

In diesem Haushalt lebte ich und bewohnte ein Zimmer, das sich an die Küche anschloß; die Küche war nicht Teil des eigentlichen Hauses. Ich genoß die Abwesenheit der ständigen Bedrohung, die die Frau meines Vaters für mich darstellte, auch wenn ich deutlich die Last meines Lebens spürte: die kurze Vergangenheit, die unbekannte Zukunft. Ich konnte meinem Vater Briefe schreiben, Briefe, die einfache Wahrheiten enthielten: Die Tage in Roseau schienen kürzer zu sein als die Tage in Mahaut, die Nächte in Roseau schienen heißer zu sein als die Nächte in Mahaut. Madame LaBatte ist so freundlich zu mir, als Leckerbissen hebt sie für mich ein Stück vom Fisch auf, das ich besonders mag. Das Stück vom Fisch, das ich besonders mag, ist der Kopf, das war etwas, was mein Vater sicher nicht wußte, etwas, was mich keinesfalls zu der Vermutung berechtigte, daß er es zu wissen wünschte. Ich schickte ihm diese Briefe ohne jede Angst. Ich bekam nie eine direkte Antwort; er ließ mir in den Briefen, die er an

Monsieur LaBatte schrieb, etwas ausrichten; er hoffte jedesmal, daß ich gut vorankam, und er wünschte mir alles Gute.

Meine Freundschaft mit Madame LaBatte, und es war eine Freundschaft, wuchs beständig. Madame LaBatte war immer allein. Das war auch so, wenn sie mit anderen zusammen war, sie war so allein. Sie glaubte, daß sie es war, die mich dazu brachte, bei ihr zu sitzen, wenn sie auf der Veranda saß und nähte oder einfach nur mit leerem Blick in die Gegend starrte, aber ich wollte wirklich bei ihr sitzen. Ich genoß diese neue Erfahrung, die Erfahrung eines Schweigens, das voller Erwartung und Verlangen war; sie wollte etwas von mir, das konnte ich merken, und ich sehnte mich nach diesem Augenblick, dem Augenblick, wenn ich erfahren würde, was genau sie von mir wollte. Es kam mir nie in den Sinn, daß ich mich weigern könnte. Eines Tages schenkte sie mir ohne Vorankündigung ein wunderschönes Kleid, das sie nicht mehr trug; es paßte ihr noch, doch sie trug es nicht mehr. Während ich das Kleid anprobierte, konnte ich ihre Gedanken hören: Sie dachte an ihre Jugend, an die Person, die sie gewesen war, als sie dieses Kleid, das sie mir gerade geschenkt hatte, zum erstenmal trug, an die Dinge, die sie sich gewünscht hatte, an die Dinge, die sie nicht bekommen hatte, an die Seichtheit ihres ganzen Lebens. All das erfüllte die Luft des Zimmers, in dem wir waren, des Zimmers, in dem das Bett stand, worin sie mit ihrem Mann schlief. Meine Gedanken antworteten den ihren: Sie waren töricht, Sie hätten nicht zulassen sollen, daß Ihnen dies widerfahren ist. Es ist Ihre eigene

Schuld. Ich hatte kein Erbarmen, meine Verdammungsurteile schwollen in meinem Kopf zu einem allmählichen Dröhnen an, bis ich dachte, ich würde ohnmächtig, und dann nahm dieser Gedanke langsam von mir Besitz und hielt mich von der Ohnmacht ab: Sie möchte aus mir gerne ein Geschenk für ihren Mann machen; sie möchte mich ihm schenken, sie hofft, daß ich nichts dagegen habe. Ich stand vor ihr in diesem Zimmer, Kleider wurden mir ausgezogen, Kleider wurden mir angezogen, ich war nackt, ich war bekleidet, doch die Verwundbarkeit, die ich spürte, meinte nicht den Körper, sie meinte den Geist, die Seele. Diese innerste Verständigung mit einem Menschen, diese vollkommen stumme Anrede durch einen Menschen, die ich dennoch deutlicher begriff, als wenn Madame LaBatte mich in höchster Lautstärke angeschrien hätte, war etwas, was ich in meinem Leben niemals mehr mit irgend jemandem erlebt habe. Ich nahm das Kleid von ihr in Empfang. Ich trug es nicht, ich würde es nie tragen; ich nahm es nur in Empfang und bewahrte es eine Zeitlang auf.

Das Unvermeidliche ist nicht weniger schockierend, nur weil es unvermeidlich ist. Ich saß eines Spätnachmittags in einem kleinen schattigen Bereich hinter dem Haus, wo ein paar Blumen gepflanzt worden waren, er konnte aber trotzdem nicht als Garten bezeichnet werden, da ihm keine große Sorgfalt gewidmet wurde. Die Sonne war noch nicht vollständig untergegangen; es war jener Moment, da die Tagesgeschöpfe schon verstummt sind, die Nachtgeschöpfe ihre Stimme aber noch nicht recht gefunden haben. Es war jene Tageszeit, in der alles, was du verloren hast, am schwersten auf der Seele lastet: deine Mutter, wenn du sie verloren hast; dein Vaterhaus, wenn du es verloren hast; die Stimmen von Menschen, die dich hätten lieben können oder deren Liebe du dir vielleicht nur gewünscht hättest; die Orte, an denen dir etwas Schönes widerfahren ist, etwas, was du nicht vergessen kannst. Solche Gefühle von Sehnsucht und Verlust sind in jenem Licht am stärksten. Der Tag ist fast vorüber, die Nacht hat fast begonnen. Ich trug keine Unterwäsche mehr, ich fand sie unbequem, und während ich dasaß, berührte ich verschiedene Teile meines Körpers, manchmal zerstreut, manchmal mit einer bestimmten Absicht. Ich fuhr mit den Fingern meiner linken Hand durch das kleine dichte Haarbüschel zwischen meinen Beinen und dachte über mein bisheriges Leben nach, fünfzehn Jahre waren es bis jetzt, und ich sah, daß Monsieur LaBatte nicht weit von mir entfernt stand und mich anschaute. Er wandte sich nicht verlegen ab, und ich lief auch nicht verlegen fort. Wir hielten beide dem Blick des anderen stand. Ich nahm meine Finger von der Stelle zwischen meinen Beinen und hob sie hoch an mein Gesicht. Ich wollte mich riechen. Der Tag ging zu Ende, mein Geruch war ziemlich stark. Diese Szene – ich, die ich die Hände zwischen meine Beine legte und mich dann an meinem eigenen Geruch erfreute, und Monsieur LaBatte, der mich beobachtete – dauerte bis zum gewohnten plötzlichen Einbruch der Nacht, und so sagte ich dann, als er zu mir kam und mich bat, meine Kleider auszuziehen, da ich wußte, was ich wollte, sehr selbstbewußt zu ihm, daß es zu dunkel sei, ich könne nichts sehen. Er brachte mich in das Zimmer, wo er sein Geld zählte, das Geld, das nur ein Teil des Geldes war, das er besaß. Es war ein dunkles Zimmer, und deshalb ließ er dort immer eine kleine Lampe brennen. Ich zog meine Kleider aus, und er zog seine Kleider aus. Er war der erste Mann, den ich je unbekleidet sah, und er überraschte mich: Es ist nicht der Körper eines Mannes, der ihn begehrenswert macht; es ist das, was sein Körper dich vielleicht fühlen läßt, wenn er dich berührt, was ihn erregend macht, es ist die Vorahnung dessen, was sein Körper dich fühlen lassen wird, und dann wird die Wirklichkeit besser als die Vorahnung, und die Welt erlangt eine Ganzheit, eine Ganzheit, die ein Strom durchfährt, ein Strom purer Lust. Doch als ich ihn zum ersten Mal sah und seine Hände an ihm herunterhingen und er noch nicht mein Haar streichelte und noch nicht in mir war, noch nicht die kleinen Erhebungen, die meine Brüste waren, an seinen Mund führte, noch nicht meinen Mund weiter öffnete, um seine Zunge noch tiefer in meinen Mund zu stecken, als ich die weichen Falten von Fleisch auf seinem Bauch sah und das hart werdende Fleisch zwischen seinen Beinen, war ich überrascht, wie wenig schön er so ohne alles war, als er einfach so dastand; es war die Vorahnung, die erregend war, es war die Vorahnung, die mich gebannt hielt. Und die Gewalt, mit der er in mir war, kam, so unvermeidlich sie war, wiederum als Schock, als eine lange, scharfe Abfolge von Schmerz, der dann mit der Macht einer Welle über mich hereinbrach, als eine lange scharfe Abfolge von Lust: und jedesmal wenn er in mir zustieß, antwortete ich mit einem Schrei, der immer derselbe Schrei war, ein Schrei der Traurigkeit, denn ohne daß ich daraus etwas machen will, was es in Wirklichkeit nicht war, war ich nachher nicht mehr die, die ich vorher gewesen war. Er war kein Mann der Liebe, er mußte es für mich nicht sein. Als er fertig mit mir war und ich mit ihm, lag er auf mir und atmete unbeteiligt; er war mit dem Kopf woanders. Auf einem schmalen Bord hinter seinem Rücken konnte ich eine Menge Münzen sehen, die er dort aufgereiht hatte, mit der Kopfseite nach oben; sie trugen das Gesicht eines Königs.

In dem Zimmer, wo ich schlief, dem Zimmer mit dem Lehmboden, goß ich Wasser in eine kleine Blechschale und wusch die dünne Kruste aus Blut ab, das zwischen meinen Beinen und an der Innenseite meiner Schenkel getrocknet war. Dieses Blut war kein Rätsel für mich, ich wußte, wieso es dort war, ich wußte, was soeben mit mir geschehen war. Ich wollte sehen, wie ich aussah, doch das ging nicht. Ich tastete mich ab: meine Haut fühlte sich weich an, so als wäre sie vor kurzem geölt und frisch poliert worden. Die Stelle zwischen meinen Beinen tat weh, meine Brüste taten weh, meine Lippen taten weh, meine Handgelenke taten weh; als er nicht wollte, daß ich ihn berührte, hatte er seine großen Hände über meine Handgelenke gelegt und sie fest heruntergedrückt; als ihn meine Schreie irritierten, hatte er meine Lippen mit seinem Mund fest verklammert. Es waren all diese schmerzenden Teile meines Körpers, durch die ich die tiefe Lust, die ich soeben erlebt hatte, noch einmal durchlebte. Als ich am nächsten Morgen erwachte, kam es mir so vor, als hätte ich überhaupt nicht geschlafen; es kam mir so vor, als hätte ich nur das Bewußtsein verloren, und ich setzte da wieder an, wo ich im Schmerz meiner Lust aufgehört hatte.

In der Nacht hatte es geregnet, der Regen war mehr als ein Wolkenbruch gewesen, und er hörte am Morgen nicht auf, er hörte am Abend nach dem Morgen nicht auf; der Regen hörte viele, viele Tage lang nicht auf. Er fiel mit solcher Gewalt und über einen so langen Zeitraum hinweg, daß es so schien, als verfüge er über die Fähigkeit, das Gesicht und das Schicksal der Welt zu verändern, der Welt des Außenpostens von Roseau, und wenn er aufgehört hätte, würde nichts mehr so sein, wie es gewesen war: nicht einmal der Boden, auf dem wir gingen, nicht einmal der Ausgang eines Streits. Doch so war es nicht; nachdem der Regen aufgehört hatte, bildete das Wasser Bäche, die Bäche liefen in Flüsse, die Flüsse liefen ins Meer; der Boden nahm wieder seine alte Gestalt an. Ich war in einem Zustand des Umbruchs. Ich würde nicht mehr dieselbe sein, sogar ich konnte das sehen; die Anständige, die Vorhersagbare – das sollte meine Bestimmung nicht sein.

Während der Tage und Nächte, als der Regen fiel, konnte ich nicht meiner regelmäßigen Arbeit nachgehen: Ich konnte mir nicht das Frühstück machen, verschiedene Hausarbeiten im Haupthaus erledigen, in dem Madame und Monsieur wohnten, dann in die Schule gehen, in der alle Schüler weiblich waren, konnte nicht ihre kindische Gesellschaft meiden, nach Hause gehen, Einkäufe für Madame machen, nach Hause zurückkehren, weitere Haushaltspflichten erledigen, meine Sachen waschen und mich insgesamt um mich und meine Angelegenheiten kümmern. Ich konnte nichts von alledem tun; der Regen machte es unmöglich.

Ich befand mich mitten in der kleineren Ausgabe der größeren Sintflut; sie kam durch das Dach meines Zimmers, das aus Blech bestand. Es stellten sich dieselben Empfindungen ein; ich war noch nicht an sie gewöhnt, doch der Regen war vertraut. Ein Klopfen an der Tür, ein Befehl; die Tür schlug auf. Sie kam, um mich zu retten, sie wußte, wie ich unter der Nässe leiden mußte, sie war in der Küche gewesen, und von dort konnte sie mein Leiden hören, das durch diese unerwartete Sintflut, diesen unmäßigen Wolkenbruch ausgelöst wurde; alleingelassen würde ich heftig leiden, sie konnte mich schon leiden hören. Doch ich gab keinen einzigen Laut von mir, nur die leisen Seufzer erinnerter Befriedigung. Sie nahm mich mit ins Haus; sie machte mir Kaffee, er war heiß und stark, dazu frische Milch, die er an diesem Morgen von einigen Kühen mitgebracht hatte, die er nicht allzu weit vom Haus hielt. Er war jetzt nicht zu Hause; er war gekommen, und er war wieder gegangen. Ich verbrachte den Tag mit ihr; ich verbrachte die Nacht mit ihm.

Es war keine Vereinbarung, die mit Worten getroffen wurde; sie konnte nicht mit Worten getroffen werden. An jenem Tag zeigte sie mir, wie ich ihm seinen Kaffee machen sollte; er trank den Kaffee gerne so stark, daß sein Geschmack alles überdeckte, was man ihm vielleicht sonst noch hineintun wollte. Sie sagte: »Das Aroma ist so stark, daß du alles hineintun könntest, er würde es nicht merken.« Wenn wir allein waren, unterhielten wir uns in französischem Patois, der Sprache der Gefangenen, der Rechtlosen; wir redeten nie über das, was wir taten, wir redeten nie lange miteinander, wir redeten über die Dinge direkt vor uns, und dann schwiegen wir. Ein Schweigen war den Anweisungen über das Kaffeemachen vorausgegangen; ein Schweigen folgte ihnen. Ich sagte nicht zu ihr: Ich möchte ihm keinen Kaffee machen, ich werde ihm niemals Kaffee machen, ich brauche nicht zu wissen, wie man diesem Mann Kaffee macht, kein Mann wird jemals aus meiner Hand einen Kaffee trinken, der auf diese Art gemacht ist! Das sagte ich nicht. Sie wusch mir das Haar und spülte es mit einem Tee, den sie aus Nesseln gemacht hatte; sie kämmte es liebevoll und bewunderte seine Dichte; sie verrieb Öl auf meinem Kopf, das sie aus Kastorbohnen gewonnen hatte; sie flocht das Haar in zwei Zöpfe, genau so, wie ich es immer trug. Dann badete sie mich und gab mir noch ein Kleid, das sie getragen hatte, als sie eine junge Frau gewesen war. Das Kleid paßte mir wie angegossen, ich fühlte mich höchst unwohl darin, ich konnte es kaum abwarten, bis ich es wieder ausziehen und meine eigenen Sachen anziehen würde.

Wir saßen auf zwei Stühlen, schauten einander nicht an, redeten ohne Worte, tauschten Gedanken aus. Sie erzählte mir von ihrem Leben, von dem Mal, als sie schwimmen gegangen war; es war ein Sonntag, sie war in der Kirche gewesen, und sie ging schwimmen und wäre fast ertrunken und ging nie mehr schwimmen, bis zum heutigen Tag nicht, viele Jahre später. Sie war noch ein Mädchen, als das geschah; jetzt geht sie nie ins Meer, sie schaut es nur an; und auf meine stumme Frage, ob sie, wenn sie auf das Meer schaue, nicht bedauere, daß sie jetzt nicht Teil seiner Unvergänglichkeit sei, antwortete sie nicht, sie konnte nicht antworten, so sehr hatte Traurigkeit ihr Leben begraben. Schon als sie zum ersten Mal ihrem Monsieur LaBatte begegnete – damals nannte sie ihn so, sie nannte ihn später Jack, sie nennt ihn jetzt Ihn –, wollte sie ihn besitzen. Sie kann sich nicht mehr an die Farbe des Tages erinnern. Er nahm sie nicht wahr, er wollte sie nicht besitzen; seine Arme waren machtvoll, seine Lippen waren machtvoll, sein Gang war immer zielstrebig, auch wenn er nirgendwohin ging; sie band ihn an sich, mit einem Zauber, sie wollte sich ihm aufpfropfen, so wie man es bei Bäumen macht. Sie begann in der Welt des Unnatürlichen; sie hoffte, in der Welt des Natürlichen zu enden. Sie wollte nichts als ihn kriegen; er wollte nicht gekriegt werden, er wollte nicht festgehalten werden. Wenn man etwas haben will, was man nie bekommen wird, und zu spät begreift, daß man es nie bekommt, dann wird daraus ein Leben, das in Traurigkeit begraben ist. Sie wünschte sich ein Kind, doch ihr Schoß war wie ein Sieb; er hielt nie ein Kind, er hielt auch jetzt nichts. Er war in ihr verschrumpelt; vielleicht spiegelte er sich in ihrem Gesicht: verschrumpelt, vertrocknet, wie eine Frucht, die all ihren Saft verloren hat. Begriff ich den Wert meiner Jugend, schätzte ich das Neue, Frische, das ich war, als ich neben ihr in einem Stuhl saß? Ich tat es nicht; wie hätte ich auch? In meiner Verlustrubrik war Jugend noch nicht eingetragen; in meiner Verlustrubrik stand meine Mutter; Liebe stand noch nicht in meiner Verlustrubrik. Ich war noch nicht geliebt worden, ich wußte nicht, ob die Art, wie sie mir das Haar gekämmt hatte, ein Ausdruck von Liebe war. Ich wußte nicht, ob die Art, wie sie mich sacht gebadet hatte, mit dem Lappen über meine Brüste, vorne und hinten zwischen meine Beine und an meinen Schenkeln und Waden entlang gefahren war, – ob das Liebe war. Ich wußte nicht, ob der Wunsch, mich abzutrocknen, wenn ich naß war, mir zu essen zu geben, wenn ich hungrig war – ob das Liebe war. Ich hatte noch keine Liebe erfahren, sie stand nicht in meiner Gewinnrubrik, deshalb konnte sie nicht in meiner Verlustrubrik stehen. Der Regen fiel, und wir hörten ihn nicht mehr, wir hörten nur sein Fehlen, meine Tage voller Schweigen und dennoch übervoll mit Worten, meine Nächte voller Seufzer, leisen und lauten, in Schmerz und Lust. Ich rief dann seinen Namen, Jack, manchmal wie einen Fluch, manchmal wie ein Gebet. Wir waren nie zu dritt miteinander; sie war mit ihm in einem Zimmer zusammen, ich war mit ihm in einem anderen zusammen. Er sprach nie mit mir, nicht einmal stumm. Er verhielt sich auf eine Weise, die ihm geläufig war, ich folgte einem Gefühl in mir, ich handelte instinktiv. Das Gefühl in mir, der Instinkt, nach dem ich handelte, waren völlig neu für mich. Sie hörte uns. Sie sagte es mir nie, sagte nie, daß sie uns hören konnte. Sie hatte sich ein Kind gewünscht, hatte sich Kinder gewünscht; ich konnte sie das sagen hören. Ich war kein Kind, ich konnte kein Kind mehr sein; sie konnte mich das sagen hören. Sie wünschte sich noch etwas von mir, sie wünschte sich ein Kind, das ich haben sollte; ich sagte ihr nicht, daß ich das hörte, und diese Vorstellung, die sie hatte – von einem Kind in mir und schließlich in ihren Armen –, sie hing in der Luft wie ein Gespenst, wie etwas, das nur die Auserwählten sehen konnten. Es war nicht für jedes Auge, es war für meine Augen, aber ich sah es nie, es ging weg, und es kam wieder, dieses Gespenst meiner selbst mit einem Kind im Leib. Ich kehrte ihm den Rücken; meine Ohren wurden taub für es; mein Herz hörte auf zu schlagen. Sie nähte mir ein Gewand aus wunderschönen alten Stoffen, die sie aus den verschiedenen Zeiten ihres Lebens aufbewahrt hatte, den glücklichen Zeiten, den traurigen Zeiten. Es war ein Hemd aus Erinnerungen; wie sehr hoffte sie, mich in seine Nähte hineinzuweben, in seine vielen Nähte. Wie mühte sie sich; doch mit jedem Klick, mit dem der Fingerhut gegen die Nadel stieß, entzog ich mich ein wenig mehr. Ihre Enttäuschung und meine Befriedigung waren beide auf ihre Weise deutlich spürbar.

Wieder zum Schulmädchen zu werden war nicht möglich, nur wußte ich das nicht schon am Anfang. Das Klima blieb gleich, das Wetter änderte sich. Monsieur ging fort. Für eine Weile sah ich das Zählzimmer nicht. In jeder Ecke und unten an den Wänden entlang hatte er kleine Hügel aus Viertelpennies aufgeschichtet; auf einem Tisch hatte er weitere Münzen, Schillinge und Zweischillingstücke, zu Türmen aufgebaut. Es gab überall im Zimmer so viele Münzen, auf dem Boden und hochgestapelt, daß der Raum heller wirkte, wenn man das Licht anmachte. Wenn ich nachts wach wurde, überraschte ich ihn dabei, wie er sein Geld zählte, immer und immer wieder, so als wüßte er nicht, wieviel er tatsächlich besaß oder als würde das Zählen die Summe ändern. Nie bot er mir etwas an, er wußte, daß ich es nicht wollte, ich wußte, ich wollte nichts davon. Das Zimmer war weder kalt noch warm oder stickig, aber es war auch nicht ideal; ich wollte nicht den Rest meines Lebens darin verbringen. Ich wollte nicht den Rest meines Lebens mit einem Menschen verbringen, der so ein Zimmer besaß. Wenn er nicht zu Hause war, verbrachte ich meine Nächte in meinem Zimmer mit dem Lehmboden hinter der Küche. Mein Leben in der Schule hatte mir nie die Befriedigung geboten, von der man mir erzählt hatte; es erfüllte mich nur mit Fragen, die nicht beantwortet wurden, es erfüllte mich nur mit Zorn. Wozu es führen würde, konnte mir nicht gefallen: zu einer Demütigung, die so anhaltend war, daß sie irgendwann die eigene Haut ersetzte. Und mein eigener Name, wie immer er lautete, war am Ende nicht das Tor zu der Person, die ich in Wirklichkeit war, und ich würde nicht ein einziges Mal zu mir selber sagen können: »Ich heiße Xuela Claudette Desvarieux.« Das war der Name meiner Mutter, aber ich kann nicht sagen, daß es ihr wirklicher Name war, denn was ist ein wirklicher Name in einem Leben wie dem ihren und auch dem meinen? Ich heiße wie sie, Xuela Claudette, und anstelle von Desvarieux steht Richardson, was der Name meines Vaters ist; aber wer sind diese Leute, Claudette, Desvarieux und Richardson? In ihn hineinzuschauen, ihn anzuschauen, mußte einen mit Verzweiflung erfüllen; die Demütigung mußte einen mit Selbsthaß vergiften. Denn der Name eines jeden Menschen ist zugleich die verkürzte Wiederholung seiner Geschichte, und indem er ihn verkündet, schätzt ein Mensch sich selbst hoch oder niedrig ein, und der Mensch, der ihn hört, schätzt den Verkünder hoch oder niedrig ein.

Meine Mutter wurde von einer Frau, die man für ihre Mutter hielt, vor das Tor eines Klosters gelegt, als sie vielleicht einen Tag alt war; sie war in saubere alte Tücher gewickelt, und der Name Xuela war auf diese Tücher geschrieben; er war mit einer Tinte geschrieben, die indigoblau war, eine Farbe, die aus Pflanzen gewonnen wurde. Meine Mutter wurde nicht deshalb entdeckt, weil sie schrie; selbst als Neugeborenes lenkte sie nicht die Aufmerksamkeit auf sich. Sie wurde von einer Frau gefunden, einer Nonne, die auf dem Weg war, weiteres Unheil im Leben der Übriggebliebenen eines verschwindenden Volkes anzurichten; sie hieß Claudette Desvarieux. Sie gab meiner Mutter ihren eigenen Namen, sie rief meine Mutter mit ihrem eigenen Namen; wieso der Name Xuela erhalten blieb, weiß ich nicht, aber mein Vater gab ihn mir, als sie kurz nach meiner Geburt starb. Er hatte sie geliebt; ich weiß nicht, wieviel von diesem Menschen – gefühlvoll und zärtlich, wie er damals gewesen war – in ihm überlebt hat.

Diese Phase meines Lebens war ein Idyll: Ruhe und Zufriedenheit unschuldiger junger Weiblichkeit bei Tage, in einem großen Raum zusammen mit anderen jungen Menschen meines Geschlechts, allesamt die Produkte ehelicher Vereinigung. Denn diese Schule, die von missionierenden Anhängern John Wesleys gegründet worden war, nahm keine Kinder auf, die außerhalb der Ehe geboren waren, und abgesehen von allem anderen war es dies, was die Schule sehr klein hielt, weil die meisten Kinder außerhalb der Ehe geboren wurden. Ich war täglich umgeben von dem irgendwann schließlich besiegten, dem irgendwann schließlich verbitterten, dem trägen Stimmengesumm dieser Mädchen; ihre Körper, schon eine Quelle von Angst und Scham, waren in blaue Umhänge aus grober Baumwolle als Uniform gehüllt. Und dann waren da meine Nächte des Schweigens und der Seufzer – alles zusammen ein Idyll, und auch sein Ende konnte ich als solches begreifen. Ich wußte nicht, wie oder wann dieses Ende kommen würde, aber ich konnte es dennoch vor mir sehen, und der Gedanke erfüllte mich nicht mit Furcht.

Eines Tages wurde ich sehr krank. Ich war schwanger, doch das wußte ich nicht. Ich hatte keine Erfahrung mit den Symptomen dieses Zustands und wußte deshalb nicht sofort, was mir widerfahren war. Es war Lise, die mir sagte, was mit mir los war. Ich hatte gerade alles, was ich je in meinem ganzen Leben gegessen hatte, wieder ausgebrochen, und ich dachte, ich müßte sterben, und so rief ich ihren Namen. »Lise«, sagte ich, nicht Madame LaBatte; sie sagte, ich solle mich auf ihr Bett legen; sie lag neben mir und hielt mich in ihren Armen. Sie sagte, daß ich »mit einem Kind« gehe; sie sagte es in englisch. In ihrer Stimme lagen Zärtlichkeit und Mitgefühl, und sie sagte dies immer wieder, daß ich ein Kind trug, und dann klang sie ziemlich glücklich, sie strich mir das Haar glatt und rieb meine Wange mit ihrem Handrücken, als wäre auch ich ein Baby und in einem Zustand der Verwirrung, den ich nicht formulieren konnte, und als müßte ihre Berührung mich besänftigen. Ihre Worte versetzten mich jedoch in Panik. Zuerst glaubte ich ihr nicht, und dann glaubte ich ihr restlos und war sofort überzeugt, wenn ein Kind in mir war, dann würde ich es mit der schieren Kraft meines Willens ausstoßen können. Ich zwang es mit meinem Willen aus mir heraus. Tag um Tag tat ich das, doch es kam nicht heraus. Tief unter Lises Achseln konnte ich ein Parfüm riechen. Es war aus dem Saft einer Blume gemacht, und dieser Duft erfüllte das Zimmer, er füllte meine Nasenlöcher, wanderte in meinen Magen hinunter und in Wellen des Erbrechens aus meinem Mund heraus; sein Geschmack erwürgte mich langsam. Ich dachte, ich müßte sterben, und ich wollte ganz dringend eine Zukunft haben, vielleicht, weil ich keine mehr hatte. Doch was solch eine Sache für mich bedeuten würde, wußte ich nicht, denn ich befand mich in einem schwarzen Loch. Die Alternative war ein anderes schwarzes Loch, und dieses andere schwarze Loch kannte ich nicht; ich wählte das, das ich noch nicht kannte.

Eines Tages war ich allein, ich lag noch immer in Lises Bett; sie hatte mich allein gelassen. Ich stand auf, ging in Monsieur LaBattes Zählzimmer und griff in einen kleinen safrangelben Beutel, der nur Schillinge enthielt, ich entnahm ihm eine Handvoll dieser Münzen. Ich ging zu dem Haus einer Frau, die jetzt tot ist, und als sie die Tür für mich öffnete, legte ich die Handvoll Schillinge in ihre Hand und sah ihr ins Gesicht. Ich sagte kein Wort. Ich kannte ihren richtigen Namen nicht, sie wurde »Sange-Sange« genannt, aber das war nicht ihr richtiger Name. Sie gab mir eine Tasse dickflüssigen, schwarzen Sirup zu trinken und führte mich dann in ein enges Loch auf einem verkommenen Flur, wo ich mich hinlegen sollte. Vier Tage lang lag ich da, und mein Körper war ein Vulkan der Schmerzen; nichts geschah, und danach floß vier Tage lang Blut zwischen meinen Beinen hervor, langsam und stetig, wie ein ewiger Brunnen. Und dann hörte es auf. Der Schmerz war mit nichts zu vergleichen, was ich mir je vorgestellt hatte, es war, als sei er selbst die Definition von Schmerz, jeder andere Schmerz war nur ein Hinweis auf ihn, eine Imitation von ihm, eine Annäherung an ihn. Ich war ein anderer Mensch danach, ich wußte Dinge, die ich vorher nicht gewußt hatte, ich wußte Dinge, die man nur weiß, wenn man durchgemacht hat, was ich nun durchgemacht hatte. Ich hatte selber mein Leben aufs Spiel gesetzt.

Auf der Straße zwischen Roseau und Potter's Ville folgte mir ein großer Goldhase, der in der Art seiner Fortbewegung nicht bedrohlich wirkte. Er blieb stehen, wenn ich stehenblieb, schaute sich um, wenn ich mich umschaute, um zu sehen, was er vorhatte – ich wußte nicht, was er hinter sich sah –, lief weiter, wenn ich weiterlief. In Goodwill machte ich halt, um Wasser zu trinken, und der Goldhase machte halt, trank aber dann kein Wasser. In Massacre war die St.-Paul-und-St.-Anne-Kirche vollständig in purpurrote und schwarze Tücher gehüllt, als wäre Karfreitag. Es war in Massacre gewesen, wo Indian Warner, der uneheliche Sohn einer Karibin und eines Europäers, von seinem Halbbruder ermordet wurde, einem Engländer mit Namen Philip Warner, weil Philip Warner keinen nahen Verwandten haben wollte, dessen Mutter Karibin war. Durch Mahaut kroch ich auf allen Vieren, da ich Angst hatte, erkannt zu werden. Ich mußte nicht die Mündung des Belfast River durchschwimmen; er führte wenig Wasser. Kurz bevor ich St. Joseph in Layou erreichte, drehte ich mich dreimal um mich selbst und rief meinen Namen, so daß der Goldhase hinter mir in Schlaf verfiel. Ich sah ihn nie wieder. Es regnete in Merot, es regnete in Coulibistri, es regnete in Colihaut.

Ich konnte die Spitze des Morne Diablotin nicht sehen; ich hatte sie sowieso noch nie gesehen, auch im wachen Zustand nicht. In Portsmouth fand ich etwas

Brot unter einem Baum, dessen Früchte aus ungenießbaren Nüssen bestehen und dessen Holz zur Herstellung edler Möbel benutzt wird. Ich kam am schwarzen Gewässer des Guadeloupe-Kanals vorbei; ich wurde nicht in Versuchung geführt, mit Haut und Haar von ihm verschlungen zu werden. Ich kam durch La Haut, kam durch Thibaud, kam durch Marigot. Irgendwo zwischen Marigot und Castle Bruce lebten die Leute meiner Mutter, in einem Reservat, wie zur Erinnerung an etwas, was niemand zu erwähnen wagte. In Petite Soufrière hörte die Straße auf. Ich kam am schwarzen Gewässer des Martinique-Kanals vorbei. Ich wurde nicht in Versuchung geführt, mit Haut und Haar von ihm verschlungen zu werden. Es regnete zwischen Soufrière und Roseau. Ich glaube, ich hörte leichtes Grollen aus dem tiefen Innern des Morne Trois Pitons, ich glaube, ich roch Schwefeldämpfe, die aus dem Boiling Lake aufstiegen. Und so geschah es, daß ich mein Geburtsrecht auf Dasein einforderte, Ost und West, Oben und Unten, Wasser und Land: in einem Traum. Ich wanderte durch mein Erbe, eine Insel aus Dörfern und Flüssen und Bergen und Menschen, deren Anfang und Ende Mord und Diebstahl waren, ohne sehr viel Liebe. Ich forderte es in einem Traum. Völlig erschöpft von der qualvollen Austreibung eines Kindes aus meinem Körper, das ich nicht lieben konnte und deshalb auch nicht wollte, träumte ich von all den Dingen, die mein waren.

Es war der Geruch, der von meinem Vater kam, der mich weckte. Man hatte ihn aufgefordert, ein paar Männer festzunehmen, die im Verdacht standen, Rum zu schmuggeln, und sie bewarfen ihn mit Steinen, und als er zu Boden stürzte, wurde er mit einem Messer verwundet. Jetzt stand er über mir, und die Wunde war noch frisch; sie befand sich an seinem Oberarm, sein Hemd verbarg ihren Anblick, aber er roch nach Jod und Enziantinktur und Karbolsäure. Dieser Geruch schien korrekt und vernünftig zu sein; ich brachte ihn in Zusammenhang mit einem kleinen Raum und Regalen, auf denen kleine braune Flaschen und Verbandzeug und weiße Emaillegerätschaften standen. Dieser Geruch erinnerte mich an einen Arzt. Ich war früher einmal im Haus eines Arztes gewesen; mein Vater hatte mich gebeten, einen Briefumschlag abzuliefern, in dem ein Stück Papier steckte, auf das er eine Nachricht geschrieben hatte. Auf den Umschlag hatte er den Namen des Arztes geschrieben: Bailey. Der Geruch, der ihn jetzt umgab, erinnerte mich an das Zimmer von jenem Arzt. Mein Vater stand über mir und sah herunter. Seine Augen waren grau. Es war ihm nicht zu trauen, aber man mußte ihn eine Weile kennen, um das zu merken. Er schien nicht von mir abgestoßen zu sein. Ich wußte nicht, ob er wußte, was mit mir geschehen war. Man hatte ihm gesagt, daß ich vermißt wurde, er suchte mich, er fand mich, er wollte mich zu sich nach Hause nehmen, nach Mahaut, und wenn ich wieder in Ordnung wäre, könnte ich nach Roseau zurückkehren, um dort zu leben (er sagte nicht, mit wem). Er glaubte von sich, daß er mich liebte, er war sicher, daß er mich liebte; all sein Handeln war Ausdruck davon. Doch auf seinem Gesicht saß diese Maske; es war dieselbe Maske, die er trug, wenn er irgendeinem Unglücklichen, der schon so viel verloren hatte, noch das stahl, was ihm geblieben war. Es war dieselbe Maske, die er trug, wenn er ein Ereignis so lenkte, daß es, auch wenn es nicht der Wahrheit entsprach, zu seinen Gunsten ausging. Und selbst jetzt, als er über mir stand, trug er nicht die Kleidung eines Vaters; er trug seine Gefängnisbediensteten-Uniform, er war in seiner Polizistenkleidung. Und diese Kleidung, diese Polizistenkleidung, sollte ihn schließlich definieren, es war, als würde sie mit der Zeit in seinen Körper einwachsen, wie eine zweite Haut, denn lange, nachdem er sie nicht mehr trug – als es nicht mehr nötig war, daß er sie trug –, sah er so aus, als stecke er immer noch in seiner Polizistenkleidung. Seine übrige Kleidung war richtige Kleidung; seine Polizistenkleidung war zu seiner Haut geworden.

Ich lag in einem Haus mit nur der nackten Erde als Fußboden und auf einem Bett, das aus Lumpen bestand. Es gab keine wirklich sichtbaren Anzeichen der Qualen, die ich durchgemacht hatte. Ich roch nicht nach Tod, denn wenn etwas schließlich tot ist, hätte es erst einmal lebendig sein müssen. Ich hatte nur das Leben, das gerade eben in mir begonnen hatte, nicht tot, sondern nichtexistent gemacht. Zwischen meinen Beinen war ein Schmerz; er begann innen in meinem Unterleib und unten in meinem Rücken und kam durch meine Beine wieder heraus, dieser Schmerz. Ich war feucht zwischen meinen Beinen; ich konnte die Feuchtigkeit riechen; es war Blut, frisches und altes. Das frische Blut roch wie gerade ausgegrabenes Erz, das noch nicht veredelt und zu etwas Weltlichem gemacht worden ist, zu etwas, dem ein Wert zugesprochen werden kann. Das alte Blut roch, es strömte einen süßen Verwesungsgestank aus, und diesen Geruch liebte ich und atmete ihn tief ein, als er nach und nach die anderen Gerüche im Zimmer überlagerte; aber vielleicht liebte ich ihn auch nur, weil es der meine war. Mein Vater war nicht abgestoßen von mir, aber ich konnte auch nichts sonst sehen, was in sein Gesicht geschrieben war. Er stand über mir und sah auf mich herunter. Sein Gesicht wurde rund und groß, es füllte den ganzen Raum von einem Ende bis zum anderen; sein Gesicht war wie eine Karte der Welt, als hätte man einen Globus aus einer dunklen Ecke in einem Wohnzimmer hervorgeholt (er besaß solcherlei Dinge: einen Globus, ein Wohnzimmer), die Hauptnaht aufgetrennt und den Globus flach aufgeklappt. Seine Backen waren zwei Kontinente, die durch zwei Meere getrennt waren, welche in einen Ozean (seine Nase) mündeten; seine grauen Augen waren unergründliche, schlafende Vulkane; zwischen seiner Nase und seinem Mund lag der Äquator; seine Ohren waren der Horizont, und ihn überschreiten hieß in die undurchdringliche Schwärze des Nichts fallen; seine Stirn war eine Gebirgskette, die für ihre Tücke bekannt war; sein Kinn war eine Region der Steppen und Wüsten. Jede Region besaß die ihr angemessene Färbung: Die Landmasse bestand in einer Auswahl zarter Schattierungen von Gelb, Blau, Violett und Rosa, die, wie zur absichtlichen Verwirrung, kreuz und quer von dünnen roten Linien durchzogen waren; die Gewässer waren blau, die Berge grün, die Wüsten und Steppen braun. Ich kannte ihre Welt nicht, ich hatte nur einige ihrer Menschen kennengelernt. Die meisten waren nicht gerade das, was man sich erträumt hätte.

Der Tod war keine Sache, die ich mir damals wünschte, und ich war jung genug, um zu glauben, ich hätte die Wahl, und ich war jung genug, daß es wirklich so war. Ich starb nicht, ich wollte nicht sterben. Ich sagte zu meinem Vater, daß ich, sobald ich dazu in der Lage wäre, wieder in den Haushalt von Madame und Monsieur LaBatte zurückkehren werde. Mein Vater hatte einen breiten Rücken. Er war fest, er war stark; er sah wie eine große Masse Land aus, die sich überraschend aus etwas vorwölbte, was vorher eben gewesen war; drumherum, drunter her, drüber weg konnte ich nicht gehen. Ich hatte diesen Rücken meines Vaters schon so oft gesehen, so oft, wenn er ihn mir zugekehrt hatte daß ich bei seinem Anblick nicht mehr zu Verwunderung fähig war, doch er hörte nie auf, ein Gefühl der Neugier in mir zu wecken: Würde ich sein Gesicht noch einmal wiedersehen, oder hatte ich ihn zum letzten Mal gesehen?

Lise erwartete mich auf den Stufen der Veranda. Sie hatte nicht gewußt, wann ich wieder auftauchen würde oder ob ich wieder auftauchen würde, doch sie hatte auf mich gewartet, sie *wartete* auf mich. Sie trug ein neues schwarzes Kleid mit einem zerknautschten alten Stück Stoff, das über ihrer linken Brust festgesteckt war. Die Farbe von diesem Stoff war rot, ein altes Rot, das mit der Zeit nachgedunkelt war. Sie sagte: »Mein Liebes«, nur das, »mein Liebes«, und sie legte ihre Arme um mich und zog mich an sich. Ich konnte sie nicht spüren; selbst als sie sich an mich preßte, konnte ich sie nicht spüren. Sie ließ mich los, sie konnte die Schritte ihres Mannes hören, der den Weg entlang kam. Er trug seine Überschuhe, das konnte ich erkennen. Ich kannte das Geräusch seiner Schritte, wenn seine Füße in Überschuhen steckten. Als er mich sah, erwähnte er nicht, daß ich fortgewesen war; ich wußte, er würde sowieso nichts zu mir sagen, auch wenn er es bemerkt hätte. Mir war das gleich, ich war neugierig. Wir standen alle drei in einem kleinen Dreieck beieinander, als eine Dreifaltigkeit, keine im Himmel gemachte, keine in der Hölle gemachte, eine wortlose Dreifaltigkeit. Und dennoch gehörte in diesem Augenblick einer zu den Besiegten, einer gehörte zu den Ergebenen, und einer war für immer ein anderer geworden. Ich gehörte nicht zu den Besiegten; ich gehörte nicht zu den Ergebenen. Nicht weit von uns stand ein Rizinusbusch, der nicht von Menschenhand gehegt wurde, und ich richtete meine Augen mit starrem Blick auf ihn, denn ich wollte nicht vergessen, im Herbst, wenn er reif war, den Samen zu ernten und das Öl herauszupressen und es zu trinken, um meine Gedärme zu reinigen.

Der Anblick, wie Lise sich auf dem Stück Erde zwischen dem Haus, in dem sie lebte, und der kleinen Hütte, die ich bewohnte, zu schaffen machte, ließ mein Herz nicht unberührt. Sie säuberte den Boden nachts, wenn es dunkel war und regnete; sie pflanzte kleine Büsche mit weißen Blüten, grub sie dann wieder aus und setzte an ihre Stelle Lilien, die in der Farbe vom Innern einer Orange blühen sollten. Wie lange es dauern würde, bis die orangefarbenen Blüten erschienen, wußte sie nicht, aber sie war sehr sicher, daß die Blüten mir gefallen würden. Tagein, tagaus trug sie das schwarze Kleid mit der zerfledderten roten Blume auf ihrer Brust. Sie war in Trauer. Ihre Augen waren schwarz und glänzten von Tränen; die Tränen waren dort eingeschlossen, sie flossen nie über. Ihre Arme streckten sich nach mir aus – ich hielt mich immer ein wenig abseits von ihr – und dann zum weit geöffneten blauen Himmel, als müßte sie ertrinken, ihr Mund stand offen, ohne daß ein Ton herauskam, doch auch so konnte ich hören, wie sie »Rette mich, rette mich« sagte; und selbst wenn sie es nicht wußte, ich wußte, daß nicht sie selbst es war, die sie retten wollte; ich war es, deren Zerstörung sie wollte. Ich blieb nicht unberührt von ihrem Anblick, sie bot einen traurigen Anblick für mich; doch ich war kein Engel, nichts in mir zerbrach.

Ich konnte das Krachen des Donners hören, das Tosen des Wassers, das aus großer Höhe in große Tümpel fiel, und die großen Tümpel suchten sich langsam ihren Weg zum Meer; ich konnte hören, wie Wolken sich wie zufällig ihrer Feuchtigkeit entledigten, als hätte jemand im Dunkeln einen Kelch umgestoßen und sein Inhalt wäre auf einer gleichgültigen Erde gelandet; und ich konnte die Stille hören, und ich konnte die schwarze Nacht hören, die sie verschluckte und ihrerseits wiederum vom Licht eines neuen Tages verschluckt wurde.

Mein Vater schrieb an meinen Gastgeber und meine Gastgeberin, um sich nach meinem Befinden zu erkundigen; er wußte nicht, was mit mir geschehen war, und deshalb bat er sie, mir mein schlechtes Benehmen zu verzeihen, als ich einfach verschwunden war, ohne ihnen mitzuteilen, wohin, und dann allein in einem Teil von Roseau gewohnt hatte, der gefährlich und ungesund war, und so fast gestorben wäre. Er schickte mir die besten Wünsche. Er schickte mir fünf Guineen. Lise gab mir die fünf Guineen. Sie zeigte mir den Brief. Seine Handschrift war so wunderschön anzuschauen. Sie bedeckte das Blatt mit kräftigen Bögen und kräftigen Schwüngen und kräftigen Strichen. Ich konnte ihn nicht lesen, ich brachte es nicht fertig, alle Worte einzeln zu entziffern und sie zu Sätzen zusammenzufügen. Ich sah nur, daß seine Handschrift das Blatt von oben bis unten bedeckte. Der Umschlag trug den Stempel von Dublanc, einer kleinen Stadt in der Gemeinde St. Peter, viele, viele Kilometer von Roseau entfernt; doch auch so war mir, als kenne ich die kleinen Unglücke, die er dort verursacht und als seine Spur hinterlassen hatte.

Die Tage folgten den Nächten mit einer ratlosen Regelmäßigkeit, Tage verschlangen Nächte verschlangen Tage verschlangen Nächte mit einer solchen Besessenheit, daß es mich hätte begeistern können, wenn ich zu begeistern gewesen wäre. Ich wollte, daß die Zeit mit einem Schlag verging, wie ein kurzer Augenaufschlag; ich wollte aufschauen können und plötzlich die Ereignisse meiner unmittelbaren Vergangenheit an einem Horizont sehen, von dem ich mich rasch entfernte. Als das nicht geschah, wurde ich nicht verrückt, ich erlahmte nicht. Ich verließ den Haushalt der LaBattes im allerschwärzesten Augenblick der Nacht. Das tat ich nicht wegen des Schutzes der Dunkelheit. Ich wollte nicht, daß mich der wirkliche Anblick von Lise, die mir beim Weggehen zusah, für den Rest meines Lebens verfolgte; ich konnte ihn mir so schon gut genug vorstellen. Ich ging nur bis hinter das Dorf Loubière und mietete ein Haus, für das ich sechs Pence die Woche bezahlte. Ich besaß vier Kleider, zwei Paar Schuhe, einen sehr hübschen Strohhut und die fünf Guineen, die mein Vater mir geschenkt hatte; das war nicht nichts. Zwischen Loubière und Giraudel wurde eine Straße gebaut. Ich nahm eine Arbeit an, bei der ich den Sand sieben mußte, der dafür gebraucht wurde. Ich bekam für jeden Arbeitstag acht Pence, und jeder Arbeitstag bestand aus zehn Stunden; nach vierzehn Tagen erhielt ich in einem kleinen braunen Umschlag meinen Lohn von sieben Schillingen und vier Pence.

In diesem Haus, für das ich sechs Pence die Woche bezahlte, verbrachte ich die ganze Zeit, in der ich nicht arbeitete. Von einer Frau, die mitten im Dorf wohnte, erwarb ich etwas zum Schlafen, eine Matratze, die mit Kokosfasern gefüllt war. Sie war nicht neu; ich konnte nicht feststellen, ob die Frau die einzige war, die vorher darauf geschlafen hatte, aber ich hatte keine Angst, die Mühsal all derer zu übernehmen, die sie benutzt hatten. Mein Leben war über jede Leere hinaus. Ich hatte nie eine Mutter besessen, ich hatte mich vor kurzem geweigert, selbst eine zu werden, und ich wußte nun, daß diese Weigerung total sein würde. Ich würde nie Mutter werden, aber das würde nicht dasselbe sein wie niemals Kinder bekommen. Ich würde Kinder bekommen, aber ich würde ihnen nie eine Mutter sein. Ich würde sie im Übermaß bekommen; sie würden aus meinem Kopf entspringen, unter meinen Achseln, zwischen meinen Beinen hervor; ich würde Kinder bekommen, sie würden wie Beeren eines Weinstocks an mir hängen, aber ich würde sie mit der Sorglosigkeit eines Gottes zerstören. Ich würde am Morgen Kinder bekommen, ich würde sie am Mittag in einem Wasser baden, das aus mir selbst kam, und ich würde sie in der Nacht essen, am Stück verschlingen, alle auf einmal. Sie würden leben, und dann würden sie nicht mehr leben. Am Tag ihres Lebens würde ich sie an den Rand eines Abgrunds führen. Ich würde sie nicht hinunterstoßen; die süßen Stimmen ungewöhnlicher Freuden würden aus der Tiefe nach ihnen rufen; sie würden nicht ruhen, bis sie mit diesen Lauten eins geworden wären. Ich würde ihre Leiber mit Krankheiten überziehen, ihre Haut mit leicht verkrusteten Wunden schmücken, und aus den Wunden würde manchmal ein dicker Eiter quellen, nach dem sie dürsten würden, mit einem Durst, der nie zu stillen war. Ich würde sie dazu verurteilen, in der Haltung, in der sie geboren waren, erstarrt an einem leeren Ort zu leben. Ich würde sie aus großer Höhe schleudern; jeder Knochen ihres Körpers würde brechen, und die Knochen würden sich nie mehr richten lassen, würden heilen, so wie sie gebrochen waren, würden niemals mehr heilen. Ich würde sie schmücken, wenn sie nur noch Leichen wären, und jeden Leichnam in eine polierte hölzerne Kiste legen und die polierte hölzerne Kiste in die Erde versenken und die Stelle auf der Erde vergessen, wo ich die Kiste vergraben hatte.

In jenem Haus mit einer Tür und drei Fenstern als Öffnungen, mit den vielen Ritzen in den Wänden, wo die Bretter nicht aneinander reichten, mit den Löchern im Dach, das aus Ästen der Kokospalme bestand, saß ich, stand ich, lag ich nachts und besiegelte so das Schicksal der Kinder, die ich nie haben würde. Ich schlief; die Morgendämmerung kam; ich ging zur Arbeit; der Abend brach herein. Jeden Morgen röstete ich Kaffeebohnen, mahlte sie zu einem groben Pulver und brühte ein Getränk, das dick und schwarz war und so bitter, daß meine Geschmacksknospen sich beim Trinken nicht mehr heil anfühlten, sondern als würden sie herausgerissen und flögen überall in meiner Umgebung umher.

Ich wußte noch nicht, wie verletzlich jedes Wesen auf die kleinen Explosionen reagiert, die sich in seinem Herzen bilden. Ich kaufte von einer Frau die Kleider ihres Mannes, der gerade gestorben war: seine alten Baumwollunterhosen, sein eines Paar Khakihosen, sein altes Hemd aus irgendeiner Sorte Baumwolle. Ich zahlte ihr für all das vier Pence und dazu eine Handvoll Bananen und einige Feldfrüchte. Es waren diese Sachen, die Sachen eines toten Mannes, die ich jeden Tag zur Arbeit trug. Ich schnitt die zwei Zöpfe an meinem Kopf ab; sie fielen vor meine Füße und sahen wie zwei kopflose Schlangen aus. Ich wickelte meinen fast haarlosen Kopf in ein altes Tuch. Ich sah nicht wie ein Mann aus, ich sah nicht wie eine Frau aus. Jeden Morgen kochte ich mir die Mahlzeit, die ich zu Mittag essen würde; ich packte sie in Feigenblätter und packte sie dann noch in einen Beutel, der aus einem zerschlissenen Stück Madrasleinen bestand, und nahm sie mit zur Arbeit. Den ganzen Tag lang trug ich Eimer, sie waren mit schwarzem Sand gefüllt oder mit Schlamm gefüllt oder mit kleinen Steinen gefüllt; den ganzen Tag lang grub ich Löcher und füllte die Löcher mit Wasser und schöpfte Wasser aus anderen Löchern. Ich sprach mit niemandem, nicht einmal mit mir selbst. In mir war nichts; in mir war eine Gruft, die aus einem so schweren Material bestand, daß ich nichts fand, womit es sich vergleichen ließ; und in der Gruft war ein Schmerz von solcher Heftigkeit, daß jede Nacht, wenn ich allein in meinem Haus lag, all meine Atemzüge langgezogene, leise Klagelaute waren, wie ein offenes Geschwür, aus dem ein dünner Eiterfaden tröpfelte, nicht wie ein Damm, der geborsten war.

Ich lernte mich jetzt kennen, und das machte mir angst. Um mich von dieser Angst zu befreien, begann ich, die Spiegelung meines Gesichts in allen Flächen zu betrachten, die ich finden konnte: Ein stiller Tümpel am flachen Ufer des Flusses wurde mein häufigster Spiegel. Als ich mein Gesicht nicht sehen konnte, ahnte ich, daß ich hart geworden war; ich ahnte, daß ich jenseits der Liebe war, daß ich solche Macht über mein Dasein gewonnen hatte, daß ich mit vollkommener Gelassenheit meinen eigenen Tod bewirken konnte. Ich wußte auch, daß ich den Tod von anderen mit derselben vollkommenen Gelassenheit bewirken konnte. Es war der Anblick meines eigenen Gesichts, der mich tröstete. Ich begann mich selbst anzubeten. Meine schwarzen Augen mit ihrer Halbmondform wirkten verführerisch auf mich; meine Nase, die, halb abgeflacht, halb nicht, mit großer Sorgfalt extra so gemacht schien, fand ich so wunderschön, daß ich in ihr ein Ideal sah, um das sich die Nasen der Leute, die ich nicht mochte, vergeblich mühten. Ich liebte meinen Mund; meine Lippen waren dick und breit; und wenn ich den Mund öffnete, konnte ich große Mengen darin unterbringen, Freuden und Leiden, wachend oder schlafend. Es war dieses Bild von mir selbst – meine Augen, meine Nase, mein Mund, eingelassen in eine fugenlose, faltenlose, makellose Haut, die mein Gesicht war –, das ich mir in einem Willensakt vor Augen rief. Mein eigenes Gesicht war ein Trost für mich, mein eigener Körper war ein Trost für mich, und wie sehr mich auch in Zukunft irgend etwas oder irgend jemand hinreißen würde, am Ende gab es nichts, dem ich gestattet hätte, mich selber in meinem Kopf zu ersetzen.

Auf diese Weise lebte ich also, alleine und doch mit allen Dingen und Menschen zusammen, die ich, außerhalb meiner Gegenwart, jemals gewesen war und gekannt hatte und jemals sein und kennen würde –, und doch war es mir unmöglich, außerhalb meiner Gegenwart zu sein. Eines Tages sah ich meinen Vater. Er sah mich auch. Unsere Augen begegneten einander nicht. Wir wechselten keine Worte. Er ritt auf einem Esel. Er trug seine Gefängnisaufseheruniform, die, die er immer trug – Khakihemd und Khakihose, sehr schön gebügelt –, auf seiner Schulter hatte er allerdings einen neuen grüngelben Streifen. Das hieß, daß er zu höheren Machtbefugnissen befördert worden war. Er hatte eine Vorladung für jemanden dabei; seine Anwesenheit war, wie stets, ein Zeichen von Unglück. Wo immer er erschien, würde jemand unweigerlich weniger besitzen, als er besaß, bevor mein Vater seinen Auftritt hatte.

Er wirkte ganz so, als wäre er in dieser Gestalt geboren: aufrecht; der Rücken steif und gerade, die Lippen fest geschlossen, die Augen so klar, als hätten niemals Tränen sie getrübt, sein Schritt nie unsicher, selbst die Tiere, die er ritt, stolperten nie. Er sah nicht so aus, als wäre er je ein kleines Kind gewesen und hätte jemanden zu der Sorge veranlaßt, es könne mitten in der Nacht an einem Fieber, einem Husten sterben, und sein Atem würde seinen Körper verlassen und nie mehr zurückkehren. Er war mächtig, und das stand ihm gut, und als er noch mächtiger wurde, ließ ihn das nicht fett und schlampig werden; sein Benehmen wurde glatt und sehr geschliffen. Man mußte ihm in die Augen sehen, um zu erkennen, woraus er gemacht war, und das befriedigte ihn tief; und er würde einem nicht sagen, was das war, man mußte ihm in die Augen sehen. Seine Augen waren das erste, was jeder von ihm sehen wollte; und Menschen, die ihn zum erstenmal sahen, die ihn überhaupt nicht kannten, schauten auf seine Augen, ohne darüber nachzudenken, daß sie sie sehen wollten.

Er machte einen Besuch an dem Ort, wo ich arbeitete. Er kam zu der Stelle, wo ich saß, um mich kurz von der Anstrengung zu erholen, und legte mir ein Bündel hin. Ich öffnete es nicht sofort, ich nahm es mit nach Hause und öffnete es an jenem Abend. Sein Geschenk an mich bestand in einer Ugli-Frucht und drei Pampelmusen. Da fiel mir ein, wie er mich einmal, als ich noch ein Kind war, mitgenommen hatte, um mir das neue Stück Land zu zeigen, daß er gerade gekauft hatte und das praktischerweise an seinen alten Besitz grenzte. Ohne zu wissen warum, hielt ich mein junges Selbst von meinem Erbe fern, denn das war es, was mir gezeigt wurde. Auf dem neuen Land hatte er viele junge Pampelmusenbäume gepflanzt, und er zeigte mir alles mit einem weit ausholenden Schwung seiner Hand – einer Geste, die einem reicheren Mann eher angestanden hätte, einer Geste allumfassenden Besitzertums – und erzählte mir, daß die Pampelmuse von den Westindischen Inseln stammte, daß sie sich irgendwann im siebzehnten Jahrhundert aus der Ugli-Frucht der Insel Jamaika entwickelt hatte. Er sagte das auf eine Weise, daß ich dachte, er wünsche sich, er und die Pampelmuse wären eins. Ich wußte nicht, was er damals, als er mir dies erzählte, im Sinn hatte.

In dieser Weise lebte ich eine sehr lange Zeit, ich war kein Mann, keine Frau, kein Irgendwas, ich hortete meine Vergangenheit nicht, durchlebte sie nur, siebte sie, versuchte, manche Dinge zu vergessen, ohne jeden Erfolg, versuchte, andere lebendiger zu halten, ohne jeden Erfolg. Da erhielt ich einen Brief von meinem Vater, der mich bat, nach Mahaut in sein Haus zu kommen. Der Brief wurde mir von einem Mann überbracht, den ich noch nie gesehen hatte, doch an seinem gebeugten Kopf konnte ich erkennen, daß mein Vater ihn sehr gut kannte. Der Brief trug das Datum von vor zwei Tagen; das fiel mir auf, weil ich meinen Vater erst am Vortag gesehen hatte, als er auf seine übliche Weise als verhaßter Beamter mit Dokumenten erschienen war, die zur Inhaftierung einiger Menschen und zur dauernden Verarmung einiger anderer führen würden; er hätte mir den Brief da selbst übergeben können. Seine Handschrift war inzwischen, wie alles andere an ihm, vom Beamtengeist durchdrungen. Ich erinnerte mich, daß ich einst, als ich noch bei Lise und Jack wohnte, Briefe von ihm empfangen hatte, und da war seine Handschrift runder gewesen, war ungleichmäßig die Seite auf und ab gewandert, das »Liebe Xuela« war sehr groß geschrieben und hatte fast die halbe erste Zeile eingenommen, und sein »Dein Dich liebender Vater« war ganz unten ans Ende der Seite gequetscht. Nicht so die Handschrift dieses Briefs, der mich aufforderte, in sein Haus zurückzukehren. Die Buchstaben waren mit einer sehr harten und teuren Füllfederspitze geschrieben, die Tinte war von einem kräftigen, unverdünnten Schwarz, die Schrift war von der Sorte, die man auf offiziellen Dokumenten sieht. Das Papier war zart cremefarben, und die Linien darauf waren dünn und grün. Es fehlte nur noch das amtliche Siegel. Mein Bruder sei sehr krank, schrieb er, und würde vielleicht bald sterben; meine Schwester habe sich zu einer mürrischen Person entwickelt und sei nach Roseau in die Schule geschickt worden, dort wohne sie bei Nonnen, auch wenn wir nicht römisch-katholisch seien; meine Stiefmutter habe sich ihm entfremdet. Er schrieb dies: mein Bruder, meine Schwester, meine Stiefmutter; doch ich ersetzte diese Wörter: dein Sohn, deine Tochter, deine Frau. Sie gehörten zu ihm; sie gehörten nicht zu mir. Er wollte mir mitteilen, daß wir alle sein waren; und in diesem Augenblick wurde mir klar, daß ich niemandem gehören wollte, daß ich, da der eine Mensch, dem ich gestattet hatte, mich zu besitzen, nie die Gelegenheit dazu hatte, niemandem gehören wollte; ich wollte nicht, daß irgend jemand mir gehörte.

Ein wilder Busch blühte nun schon viele Tage lang. Während ich den Brief las, schaute ich ihn an. Seine vielen Blüten waren klein und tiefrosa, sie hatten lange tiefe Hälse und kurze, aufgeworfene Lippen als Blütenblätter. Eine einzelne Biene flog immerfort ein und aus, sie flog auf eine müßige Weise ein und aus, als handele es sich um ein Spiel und ganz und gar nicht um Arbeit. Plötzlich war ich das Leben, das ich führte, leid; es hatte seinen Zweck erfüllt. Plötzlich wurde mir klar, daß ich nicht länger die Kleider eines toten Mannes tragen wollte. Ich zog meine Kleider aus und steckte sie in Brand. Ich badete mich. Ich wollte das Haus, in dem ich all die Zeit gewohnt hatte, in Brand stecken, bevor ich es verließ, doch ich wollte nicht, daß mein Verschwinden Aufmerksamkeit erregte; ich wollte nicht, daß irgend jemand merkte, daß ich dagewesen war und nun nicht mehr da war.

Ich brach mitten in der Nacht zum Haus meines Vaters auf. Das tat ich nicht mit Absicht; ich war einfach zu der Zeit fertig. Ich packte alles, was ich besaß, zu einem kleinen Bündel zusammen und legte es mir auf den Kopf. Es war nicht sehr schwer, es war nicht sehr viel. Die Sachen, die ich besessen hatte, als ich gekommen war, hatte ich immer noch, nur besaß ich jetzt mehr Geld, und dafür hatte ich sehr hart gearbeitet. Als ich aufbrach, war die Nacht schwarz, der Mond stand am Himmel, aber ich konnte ihn nicht sehen:

eine dicke Wolke hing wie eine falsche Zimmerdecke zwischen uns. Ich war allein. Meine Füße kannten die Straßen so gut, als hätte ich sie selber gemacht. Gegen Morgen kam ich durch Roseau. Ich machte nicht halt. Die Tochter meines Vaters war dort. Lise und Jack waren dort. Sie interessierten mich nicht im geringsten. Es war mir gleichgültig, was sie beide in diesem Augenblick machten.

Kurz bevor ich Massacre erreichte, begegnete ich einer Frau, die nicht viel älter war als ich, aber doppelt so alt aussah. Ich erkannte sie wieder, sie war früher zum Haus meines Vaters gekommen und hatte seiner Frau bei der Wäsche geholfen und ihren Hof gefegt. Es gehörte nicht zu ihren Aufgaben, meine Wäsche zu waschen; seine Frau wünschte es nicht, ich erlaubte es nicht, ich wollte alles, was mich betraf, selber tun. Als ich sie in jenem Augenblick sah, glich sie einer Märtyrerin, doch ich bin sicher, sie hatte keine Ahnung, wofür sie litt. Sie hielt beim Gehen die Hände gefaltet und ließ sie auf ihrem Leib ruhen. Ihr Leib war geschwollen, aber ich konnte nicht erkennen, ob das von einer Schwangerschaft oder einer Krankheit kam. Ihr Kleid war alt und abgetragen und hatte eine Wäsche nötig. Ihre Füße waren ohne Schuhe. Ihr Haar war ungekämmt. Ihre Haut, die, als ich sie kennenlernte, ein frisches Schwarz besessen hatte, ganz so als wäre die Schwärze gerade neu gemacht worden, war nun stumpf und schlaff, und nichts hätte sie erneuern können. Wir trafen genau unter dem Baldachin eines alten Baums aufeinander; so viele Regengüsse hatten die Erde von seinen Wurzeln fortgespült, daß die Wurzeln jetzt auf unbarmherzige Weise den Elementen preisgegeben waren: Die eine Hälfte des Baums lebte, die andere Hälfte war tot. Weder diese Frau noch der Baum wurde für mich zu einem Symbol von irgendwas. Ich hatte inzwischen begriffen, daß ich entweder ganz tot oder ganz lebendig sein würde, aber niemals zur selben Zeit halb das eine und halb das andere.

Als ich das Haus meines Vaters wiedersah, weinte ich. Wenn man von Roseau kam und nach Belmont ging, lag es am äußersten Ende des Dorfes Mahaut. Ich hatte nie bemerkt, daß es von außen ein wunderschönes Haus war, sein Balkenwerk war gelb gestrichen, die Fenster waren tiefbraun. Diese beiden Farben Braun und Gelb waren nicht an sich schön, doch sie waren schön, wenn man sie an diesem Haus sah. Es stand an der Straße, und auf der anderen Seite war das Meer, das große Meer, so silbern, so ohne Ende, so blau, so allumschließend, so grau, so ohne Erbarmen, so mächtig und gedankenleer. Dagegen war das Haus so zart, so anfällig für die Gewalt des Meeres, auf das es blickte, und der Gedanke, daß seine Wellen von Zeit zu Zeit bis ans Haus reichten, war nicht abwegig. Es war kein altes Haus; es war nach den Anweisungen meines Vaters gebaut worden, doch es war schon krumm und schief von all den Bürden seiner Bewohner: Da war die Trauer meines Vaters über den Verlust meiner Mutter; die Heirat mit seiner jetzigen Frau, die er nicht um ihrer selbst willen geliebt hatte, sondern wegen der Verbindungen und des Wohlstands ihrer Familie; ihre Trauer über ihre Unfruchtbarkeit;

die mangelnde Gesundheit seines Sohns; die Launenhaftigkeit seiner jüngeren Tochter. Ich konnte nichts von mir in diesem Haus sehen; ich sah nur andere. Ich gehörte dort nicht hin. Noch gehörte ich nirgendwohin.

Die Tochter, die mein Vater mit seiner Frau hatte, die nicht meine Mutter war, wurde mitten am Tag geboren, als die Sonne am höchsten stand, und das bedeutete nichts Gutes. Für eine Geburt war es eine zu helle Tageszeit; wenn du zu solch einer Tageszeit geboren wurdest, so konnte das nur heißen, daß du all deiner Geheimnisse und der Fähigkeit, Ereignisse zu lenken, beraubt wärest. Kein Zimmer ließ sich stark genug verdunkeln, daß es dich vor dieser so unbändigen, so lüsternen Brutalität geschützt hätte: dem Leben selber. Die Tageszeit, zu der sein Sohn geboren wurde, war vollkommen unwichtig. Zu der Zeit, als sein Sohn geboren wurde, war mein Vater nicht mehr in das Leben selber verliebt, er war in gar nichts mehr verliebt. Er wollte nur von allem mehr, und dieses Alles, was er wollte, wollte er nicht am eigenen Leib tragen. Er wollte nicht, daß die Menschen den Mantel anschauten, den er trug, und wußten, daß er dort, wo dieser herkam, noch viele andere besaß; er wollte Dinge, die ihm zu Füßen gelegt werden konnten, er wollte Dinge, die er nicht brauchte, er wollte Dinge, die ohne wirklichen Nutzen waren. Vielleicht war das so, weil er in seinem Leben die Erfahrung der Nützlichkeit, die Erfahrung des Nötighabens, die Idee des Verlangens schon ausgeschöpft hatte. Er war ein gleichmütiges Tier. Er konnte Liebe wegstecken; er konnte Haß wegstecken. Er konnte einfach weitermachen. Seine Leidenschaften waren höchst persönlich: Sie gehorchten nicht dem Gesetz der Vernunft, sie gehorchten nicht dem Gesetz leidenschaftlicher Überzeugung, und trotzdem konnte man ihn als vernünftig beschreiben, als jemandem mit leidenschaftlichen Überzeugungen. Ich war wie er. Ich war nicht wie meine Mutter, die tot war. Ich war wie er. Er lebte.

In diesem gelben Haus mit den braunen Fenstern lag der Sohn meines Vaters in einem Bett aus sauberen Tüchern auf dem Boden. Es waren besondere Tücher; sie waren mit Ölen parfümiert, die aus pflanzlichen und tierischen Dingen gewonnen waren. Das sollte ihn vor bösen Geistern schützen. Er lag auf dem Boden, damit die Geister nicht von unten zu ihm gelangen konnten. Seine Mutter glaubte an den Obikult. Sein Vater hielt sich an den Glauben der Menschen, die ihn unterjocht hatten. Er war nicht tot; er war nicht lebendig. Daß er weder das eine noch das andere war, war nicht seine Schuld: Man ist niemals selbst dafür verantwortlich, daß man auf die Welt kommt, die Entscheidung ist nie die eigene. Ganz besonders er war die Idee eines anderen. Er war die Idee seiner eigenen Mutter, die wollte, daß sein Vater die Frau vergaß, die er vorher geliebt hatte. Man schafft es nicht, daß jemand einen anderen Menschen vergißt, es ist unmöglich. Jemand kann ein Ereignis vergessen, jemand kann eine bestimmte Einzelheit vergessen, aber niemand kann einen anderen Menschen für immer vergessen.

Und so lag der Sohn meines Vaters da, sein Körper

war mit kleinen Wunden übersät, und sein gesamtes Wesen war nicht tot, nicht lebendig. Es hieß, er habe Frambösie, es hieß, er sei von einem bösen Geist besessen, der Wunden aus seinem Körper sprießen ließ. Sein Vater glaubte an das eine Mittel, das ihn heilen würde, seine Mutter glaubte an ein anderes; es waren ihre Überzeugungen, die miteinander in Streit lagen, nicht die Heilmittel selbst. Sein Vater betete, damit er gesund werde, aber seine Gebete wirkten auf die Krankheit wie ein Ansporn: Kleine Stellen wurden größer, das Fleisch auf seinem linken Schienbein begann allmählich zu verschwinden, so als würde es von einem unsichtbaren Wesen verschlungen, der Knochen lag frei, und dann begann auch der zu verschwinden. Seine Mutter ließ einen Mann holen, der sich im Obikult auskannte, und eine Frau, die sich im Obikult auskannte, beide stammten aus Dominica, und dann schickte sie nach einer Frau, die aus Guadeloupe stammte; es hieß, daß jemand, der mit einem Heilmittel über das Meer kam, erfolgreicher wäre. Die Krankheit reagierte auf keine Regel; keine Wissenschaft, kein Gott, woher auch immer, konnte ihren Lauf ändern, und nachdem er gestorben war, kamen seine Mutter und sein Vater zu der Überzeugung, daß sein Tod von Anfang an beschlossen war.

Er starb. Sein Name war Alfred; er war nach seinem Vater benannt worden. Sein Vater, mein Vater, war nach Alfred dem Großen, dem englischen König, benannt worden, einer Persönlichkeit, die mein Vater hätte verachten sollen, denn er lernte diesen Alfred nicht durch die Sprache des Dichters kennen, welche die Sprache des Mitgefühls gewesen wäre, sondern durch die Sprache des Eroberers. Mein Vater war für seinen eigenen Namen nicht verantwortlich, aber er war für den Namen seines Sohns verantwortlich. Der Name seines Sohns war Alfred. Vielleicht stellte mein Vater sich eine Dynastie vor. Das war nur lächerlich für jemanden, der grundsätzlich davon ausgeschlossen war, für jemanden wie mich, jemand Weibliches; alle anderen würden es vollkommen verstehen. Er hatte sich vorgestellt, daß er durch die Existenz eines anderen fortleben würde. Mein Vater hatte nie die Demütigung erlitten, zufällig in irgendeiner glänzenden Fläche auf sein eigenes Spiegelbild zu stoßen und es für so unwiderstehlich zu halten, daß er glaubte, sein Spiegelbild sei auch seine Seele. Er dachte, sein Sohn sähe aus wie er, und vielleicht tat er das auch, obwohl ich so etwas nie gedacht hätte; er dachte, sein Sohn sei genau wie er, und vielleicht war er das auch wirklich, doch das Leben dieses seines Sohnes war zu kurz, als daß ich so einen Schluß hätte ziehen können.

Mein Bruder starb. Im Tod wurde er zu meinem Bruder. Als er noch lebte, kannte ich ihn überhaupt nicht. Sein Haar war schwarz wie das seiner Mutter. Auch seine Augen waren braun wie die ihren. Er war freundlich, er war sanft, aber es waren die Freundlichkeit und die Sanftheit der Schwachen, sie kamen nicht aus Großzügigkeit, aus natürlicher Neigung. Er besaß große Schönheit, doch es verlockte dich nicht, ihn zu berühren, nicht, weil er dich abstieß, sondern weil du Angst hattest, daß allein schon die Berührung ihm Schmerz zufügen werde, so als wäre er etwas Pflanzenartiges und stamme aus einem Märchen. Mein Vater liebte ihn: er war gut; er würde viel erben; von der schmutzigen Art der Beschaffung würde er nichts erfahren. Wie er sein Erbe zusammenhalten würde, war ein Gedanke, der nur jemandem wie mir kommen konnte, der Ernüchterten und vorher schon Enterbten, und der auch nur mich verwirrte. Sein Vater liebte ihn; sie trugen denselben Namen: Alfred. Dieser Junge starb. Bevor er starb, kam aus seinem Körper ein Strom von Eiter. In dem Augenblick, als er starb, kroch aus seinem linken Bein ein großer brauner Wurm; er lag da, oberhalb des Knöchels, als warte er darauf, daß ihn eines Morgens ein Wanderer fand. Er vertrocknete schnell und sah nun aus, als habe ihn alles Leben schon vor Jahrtausenden verlassen. Sie wurden da unzertrennlich, mein Bruder und der Wurm, der in dem Augenblick aus seinem Körper kam, als er starb. Mein Vater hörte damals nicht auf zu leben, und er verlor auch nicht das Bedürfnis weiterzuleben, er kam nur zu der Überzeugung, daß hinter all seinem Leiden eine geheime Absicht lag, und er wünschte sehnlichst, daß diese sich ihm enthüllte.

Mein Bruder starb, und die Wasser waren still, doch nicht auf ungewöhnliche Weise; der Wind wehte nicht, die Blätter der Bäume waren reglos, die Erde bebte nicht, die Flüsse schwollen nicht an, der Himmel war blau auf diese ewig trügerische Weise – unschuldig, als ändere er sich nie; alles war es selber, genau so, wie es immer sein würde, was auch geschehen mochte, aber für meinen Vater hatte sich die Welt verändert, und heute glaube ich, daß er sich wieder klein fühlte, unbedeutend, hilflos gegen das Leben selber, das einen Kurs einschlug, der sich nicht nach seinen Wünschen richtete. Ein Glanz von Gleichmut kam damals über ihn, der Glanz von Gleichmut, den man bei Heiligen sieht, doch ich bin sicher, kein wirklicher Heiliger hat je so ausgesehen; es ist etwas, was man nur auf Bildern sieht.

Mein Bruder wurde auf dem Friedhof der Methodistenkirche in Roseau begraben. Seine Mutter war stumm in ihrem Schmerz; auch sie hatte sich nach etwas gesehnt. Es kreiste um ihren Sohn, seine Bedeutung; seine Kraft und seine Bildung würden eine Quelle des Stolzes für sie sein. Er sah aus wie sie; seine Schönheit war auch ihre Schönheit. So eng sah sie sich mit ihm verbunden, daß sie, als er starb, glaubte, auch sie sei gestorben; sie brachte es nicht fertig, tatsächlich zu sterben; doch nur ihr Körper weilte noch unter den Lebenden, ihr Geist war bei ihrem toten Sohn. Damals tat sie mir leid, aber nicht so heftig, daß ich vergeben und vergessen hätte, wie sie einst versucht hatte, auch mich zu töten, und daß sie mich mit ziemlicher Sicherheit immer noch tot wünschte und mich auch töten würde, wenn es ihr je gelänge, so lebendig zu werden, daß sie das fertigbrachte. Lieder wurden gesungen, Gebete wurden gesprochen; es waren Gebete, die um Vergebung baten, und es waren Gebete, die das Einverständnis mit Ereignissen ausdrückten, die letzten Endes enttäuschend waren. Doch so ist das Schicksal der Besiegten: Am Ende ist das, was ist, auch so gewollt, am Ende wäre ein anderer Ausgang, ein triumphaler Ausgang, eine Tragödie, ein Resultat, das weit verheerender gewesen wäre als die jetzt erfahrene Niederlage. So lautet der Trost der Besiegten.

Mein Vater und seine Frau und seine Tochter, das Mädchen, das nicht ich war, seine Frau, die ihre Mutter war, sie formten ein Dreieck der Schmerzen, der Scham, des Argwohns, der Rache. Für meinen Vater hatte nichts davon einen persönlichen, privaten Charakter. Er stritt nicht mit seiner Frau. Auch sie war jetzt eine Quelle der Enttäuschung. Ich war einerseits nur jemand, der an Enttäuschungen erinnerte; andererseits war ich Fleisch von jemandem, den er geliebt zu haben glaubte. Mein Vater konnte nicht lieben, aber er glaubte, er könne es, und das muß reichen, weil es wohl der halben Welt genauso ergeht. Er glaubte, daß er mich liebte, doch ich hätte ihm sagen können, wie wenig das stimmte, ich hätte ihm all die Male aufzählen können, wo er mich geradewegs den Klauen des Todes übergeben hatte; ich hätte ihm all die Male aufzählen können, wo er mir, seinem mutterlosen Kind, kein Vater gewesen war und sein Ziel, ein Mann dieser Welt zu werden, weiter verfolgt hatte. Er liebte, er liebte; er liebte sich selbst. So ist es vielleicht bei allen Menschen. Nachdem er jenes kleine Gefäß verloren hatte, durch das er sich zu verewigen gehofft hatte, wurde er nun zu seinem eigenen Vermächtnis. Er war seine eigene Zukunft. Wenn er starb, würde die Welt aufhören zu existieren.

Für seine Tochter, die, die nicht ich war, war meine Anwesenheit so beunruhigend, daß sie ihr Gesicht sogar, wenn ich nicht direkt vor ihr stand, in die entstellenden Falten legte, die sie ausschließlich für mich erfunden hatte. Sie bestand darauf, daß ich nicht das Kind meines Vaters sei und daß ich, selbst wenn ich sein Kind war, unehelich sei. Die ehrfürchtige Scheu und die Verwirrung, die sich auf ihrem Gesicht abwechselnd zeigten, als sie merkte, daß mir diese Beschreibung willkommen war, ließen mich Mitleid für sie empfinden. Ich wünschte, ich könnte irgendwie anregend auf sie wirken. Warum werde ich nicht geachtet? war die Frage, die sie der Welt stellen wollte, der Welt, wie ihre Mutter und ihr Vater sie darstellten; doch sie konnte solch eine Frage nicht stellen, sie konnte sich nicht den Verdacht gestatten, es gäbe eine Antwort. Ihre Mutter konnte sie nicht anschauen, denn was war sie für eine unnütze Sache, sie war die falsche, die am Leben war. Ihr Vater hatte sie nie richtig angeschaut; ihr Anblick nach dem Tod seines Sohnes unterschied sich für ihn wenig von ihrem Anblick vor seinem Tod. Ihre Mutter begegnete ihr jetzt immer mit Schweigen. Ihr Vater fuhr fort, überhaupt nie mit ihr zu sprechen.

Zu meiner Schwester wurde sie, als sie, kurz nachdem sie von der Schule verwiesen worden war, feststellte, daß sie schwanger war, und ich ihr half, diesem Zustand zu entkommen. Das war nicht schwierig; ich hatte alles, was ich selbst erlebt hatte, genau behalten. Sie wollte nicht, daß irgend etwas, was mit diesen Ereignissen zu tun hatte, bekannt wurde, und so versteckte ich sie in meinem kleinen Zimmer hinter der Küche, wo ich jetzt wieder wohnte. Ich machte mir immer noch mein Essen selbst. Ich braute ihr sehr starke Tees. Als das Kind in ihr sich weigerte herauszukommen, fuhr ich mit meiner Hand in ihren Unterleib und holte es mit Gewalt heraus. Sie blutete tagelang. Ihr Körper schrumpfte und krümmte sich vor Schmerzen. Sie starb nicht. Ich war als Lenkerin meines eigenen Lebens in dieser einen, speziellen Hinsicht inzwischen eine solche Expertin, daß ich diese Macht bei jeder anderen Frau anwenden konnte, die mich darum bat. Doch meine Schwester bat mich nicht darum, ich wurde nie zu *ihrer* Schwester; sie zog mich nie ins Vertrauen, sie dankte mir nie; ja, die Tatsache, daß ich mein eigenes Leben so fest im Griff hatte, ließ ihre Verdächtigungen und Mißverständnisse nur wachsen.

Sie wurde von der Schule verwiesen, weil sie ein heimliches Verhältnis mit einem Mann hatte; genau auf diese Weise hatte es die Direktorin in einem Brief an meinen Vater beschrieben: Elizabeth unterhält ein heimliches Verhältnis mit einem jungen Polizisten aus St. Joseph. Dieser Brief lag auf dem Tisch in jenem Zimmer im Haus meines Vaters, in dem alles so aussah, als sei es aus einem Bild entnommen – einem Gemälde, keiner Fotografie, genauso prächtig, genauso lebensecht, aber auch genauso tot. Nichts auf der Welt hätte mich davon abhalten können, ihn zu lesen. Er lautete: Sehr geehrter Monsieur, sehr geehrte Madame, und der Rest war in Englisch. Meine Schwester führte eine Auseinandersetzung mit sich selbst, denn ihre Mutter sprach nicht mit ihr, und ihr Vater hatte nie mit ihr gesprochen. Sie leugnete alles. Sie erfand eine Geschichte, die mir einen ersten Einblick in ein Kinderleben verschaffte und in das, was ein richtiges Kind sagen und tun würde. Ein Kind blickt zum Horizont und glaubt, daß die Erde flach ist und daß man, wenn man an den Rand kommt, ins Nichts fällt. Solch ein Glaube ist Kinderglaube. Es ist nicht die wissenschaftliche Erklärung, die solchen Glauben lächerlich werden läßt; es sind der Mangel an Vertrauen, der Mangel an Vielschichtigkeit, die ihn dazu machen. Sie glaubte mit aller Kraft, daß ihre Erklärungen vollkommen plausibel waren: Sie war über die Mauer des Klosters geklettert, um einen Spaziergang zu machen, weil sie in jener abgeschotteten Welt Heimweh bekommen hatte, und sie sehnte sich so nach der offenen Weite ihres geliebten Mahaut; und jedesmal wenn sie mitten in der Nacht den Mauern des Klosters entflohen war, war sie durch einen seltsamen Zufall demselben Mann begegnet, einem gewissen Claude Pacquet, einem jungen Mann, der eines Tages Justizwachtmeister zu werden hoffte. Solche Dummheit war nur dann lächerlich, wenn man in einer großen, angenehmen Welt lebte, in der die Stellung der eigenen Familie unanfechtbar war, in der die eigene Stellung unanfechtbar war. Ihre Mutter lachte nicht. Ihr Vater lachte nicht. Ich lachte nicht.

Als sie sich von der Ausstoßung des Kindes, das sie nicht haben wollte, vollständig erholt hatte, war das erste, was sie tat, mir vor die Füße zu spucken, nachdem sie Dinge zu mir gesagt hatte, von denen sie glaubte, sie würden meine Gefühle bitter verletzen. Doch selbst bei meiner Geburt war ich schon älter gewesen als sie jetzt mit ihren siebzehn Jahren, und deshalb konnten ihre Worte mich nicht überraschen. Ich hatte keine Dankbarkeit erwartet, obwohl sie mir willkommen gewesen wäre. Ich hatte keine Freundschaft erwartet; die hätte ich mit Mißtrauen betrachtet. Die leere Stelle in dem kleinen gelben Haus, das immer ihre Heimat gewesen war, konnte sie nicht füllen. Sie sah ihrem Vater so ähnlich, viel mehr als ihr Bruder es getan hatte: ihre Haut war wie die seine, eine Mischung aus verschiedenen Menschen – nicht Rassen, Menschen –, ihr Haar, rot und golden und dicht gelockt, war wie die Wolle auf dem Rücken eines Schafs; ihre Augen waren grau, wie der Mond, wenn er an einem marineblauen Himmel steht, und trotzdem war sie nicht schön; sie lag nicht in ihrem Wesen, die Schönheit. Sie war böse; sie war mit dem Gefühl geboren, daß ihr Geburtsrecht ihr schon zugesprochen war. Sie glaubte, ich wäre die Person, die es ihr wegnehmen könnte. Ich konnte es nicht. Ich war kein Mann.

Ihr Vater, mein Vater, war zu der Zeit schon ein sehr reicher Mann. Das war ungewöhnlich für einen Mann seines Standes, einen Eingeborenen; das heißt, für einen Mann, der blutsmäßig mit dem afrikanischen Volk verbunden war. Sein Wohlstand war für andere Menschen, die man als Eingeborene bezeichnen konnte, ein Wunder. Diese anderen Menschen, die Eingeborenen, waren durch rechtmäßige und unrechtmäßige Erlasse abgesunken, und sie fühlten sich dem Erbe ihrer Väter und seinen Forderungen verbunden, aber auch den demütigenden Umständen, unter denen sie auf diese Inseln gekommen waren, so als wäre all das wichtig, wirklich wichtig. Nicht so mein Vater. Seine Ansicht der Dinge, der Geschichte, der Zeit war wie die eines Mannes, der viele Jahrhunderte durchlebt hatte, und was er gesehen haben mochte, war, daß auf kurze Sicht alles wichtig war und daß auf lange Sicht nichts wichtig war. Alles endete immer im Nichts, im Tod, so als wärst du nie dagewesen, und mochte dein Vorhandensein auch noch so glanzvoll gewesen sein, wenn es nicht zu jedem beliebigen Zeitpunkt für einen anderen Menschen so bedeutsam war, daß er dafür starb, so bedeutsam, daß er dafür lebte, dann war es nicht im geringsten wichtig. Alles war wichtig, und dann wiederum war nichts wichtig. Er wurde reich und immer reicher. Er trug diesen Reichtum nicht zur Schau. Er trug kein Gold, er trug kein Silber. Er trug einen eleganten weißen Leinenanzug, der für ihn geschneidert war und perfekt saß –, der Anzug war nicht seine Haut, doch er hätte es sein können. Er sah großartig aus: ein Raubvogel, ein Insekt, in Furcht vor einem Raubvogel, ein Herr des Dschungels, ein Herrscher der Ebenen, ein kleines Säugetier. Seine Haut begann damals knitterig zu werden, die Falten waren winzig, Runzeln, so minimal, daß nur jemand, der so aufmerksam war wie ich, sie bemerkt hätte.

Meine Schwester bemerkte nichts. Der Reichtum ihres Vaters kam ihr nicht ungewöhnlich vor. Er war reich, sie war seine Tochter, so sollte es sein. Sie kaufte einen Kamm – ich wußte nicht, woher –, wenn sie ihn erhitzte und damit durch ihr dicht gelocktes Haar fuhr, legte es sich glatt an ihren Kopf. Es glänzte im Sonnenlicht, in vielen Schichten übereinander, wie eine Art Reichtum. Ihr Vater war ein dünner Mann. Er aß nie auf eine Weise, die nahelegte, daß er es genoß. Ihre Taille wurde breit, ihre Hüften breiter. Ihre Brüste waren groß, aber ohne verführerisch zu wirken; sie wurden noch größer, aber sie luden nicht zu Zärtlichkeiten ein. Ach, daß sie sich selbst so wenig kannte, machte mich so traurig, daß ich deswegen einen ganzen Tag lang weinte. Auch sie war verliebt in sich selbst, doch ihr Selbst war es nicht wert, geliebt zu werden.

Und eines Tages schaffte mein Vater sich ein Automobil an. Es war kein neues Auto, es hatte schon jemandem gehört, doch das war unwichtig; er besaß ein Auto. Darin fuhren er und seine Frau und seine Tochter jeden Sonntag nach Roseau zur Kirche. Dann fuhren sie zurück und nahmen eine große Mahlzeit ein, manchmal allein, manchmal mit einem Mann, mit dem er sich angefreundet hatte, einem Mann aus England. Ich fuhr nicht mit ihnen im Auto zur Kirche, ich ging nie zur Kirche, und ich aß nicht mit ihnen zu Mittag. Meine Schwester hatte ein Fahrrad geschenkt bekommen; das war ein Luxus, nichts, was jedermann hatte. Nach diesem Sonntagsmahl – es bestand aus Fleisch, das im englischen Stil, als Braten zubereitet war, und verschiedenen Sorten Kleister, mancher süß, mancher pikant, die Pudding genannt wurden – machte sie immer einen Ausflug mit ihrem Fahrrad. Einen Ausflug wohin? Ich wußte sofort, daß der Ausflug in Gesellschaft des Mannes von St. Joseph stattfinden würde. Es ist möglich, daß ihre Mutter und ihr Vater das wußten, aber sie erwähnten es nicht, sie sprachen nicht mehr mit ihr und gewiß nicht, um sie zu ermahnen. Sie machte ihre Fahrradausflüge an vielen Sonntagnachmittagen, und wenn sie das Haus ihrer Eltern verließ, dann mit der Vorstellung, daß sie alle einverstanden waren: mit einem Vergnügen besonderer Art. Sie fuhr durch die angenehme Nachmittagsluft, die Hitze ließ nach, wenn der Tag kürzer wurde, das Licht wurde weicher, wenn der Tag kürzer wurde, alle Begeisterung, die mit dem aufgerissenen Maul des Morgens begann, war gedämpfter, wenn der Tag kürzer wurde. Aber die Hitze, das Licht, die Länge des Tages bedeuteten ihr nichts; sie war auf dem Weg zu einem Mann. Ihre Mutter und mein Vater wußten dies, daß sie auf dem Weg zu einem Mann war und daß es dieser Mann war, der von St. Joseph, der, den sie nicht leiden mochten. Zu jenem Zeitpunkt hatte sich ihre Fähigkeit zum Protest erschöpft: sie hatten gegen das Sterben ihres Sohnes protestiert, und der Tod war dennoch zu ihm gekommen.

Eines Sonntags war es schon dunkel, als sie von ihrem heimlichen Treffen mit ihm zurückkehrte. Sie hatten sich an einer Stelle zwischen Massacre und Roseau getroffen, sie hatten sich geküßt, er hatte auf ihr gelegen, sie waren beide halb ausgezogen, sie hatte gekeucht, er hatte gestöhnt, sie hatte zu ihm gesagt, daß sie ihn liebe, er hatte so etwas nicht zu ihr gesagt, doch sie merkte es nicht; er hatte sich aus ihr zurückgezogen, sie klammerte sich noch an ihn. Die Art, wie er ihr wohltat, wenn er in ihr war, wenn sein Körper, das heißt jener Teil zwischen seiner Taille und seinen Knien, sich weg von ihr bewegte, als sei es für immer, und dann innen in ihr, als sei es für immer, war so herrlich für meine Schwester, daß sie glaubte, diese Empfindung sei einzig und finde nur zwischen ihr und ihm statt; sie wußte nicht, daß sie diese Empfindung mit jedem anderen haben konnte, einschließlich ihrer selbst. Sie war verliebt in ihn, und was bedeutete das? Es war etwas, was ich nie zu erfahren hoffte, denn an ihr sah es aus wie die Definition von Torheit selber. Sie kam mit ihrem Fahrrad um die Kurve gefahren, die scharfe Kurve, die Kurve, die so scharf war, daß sie auch noch so wirkte, wenn man sie langsam entlangging, als sie an jenem Sonntagnachmittag von dem Treffen mit ihm zurückkehrte. Sie fuhr mit zu hoher Geschwindigkeit, und sie kam von der Straße ab und fiel über den Rand in die Wipfel einiger Bäume und dann auf die Spitzen einiger Felsen, den wenigen Überresten eines Vulkanausbruchs. Daß sie danach noch lebendig war, wurde für ein Wunder gehalten, was stimmte, und für einen Segen, aber als ein Segen erschien ihr Überleben nur all denen, die sich die Zukunft nicht vorstellen konnten und deshalb Vertrauen in sie hatten.

Ich hatte sie am Sonntagnachmittag gesehen, bevor sie aufbrach, um ihrem Schicksal zu begegnen, und es umgab sie diese seltsame Aura, die Menschen manchmal bekommen und die ich jetzt kenne, aber damals noch nicht; dieses Aussehen, das bekundet: Jede Handlung, die ich von nun an begehe, ist eine Handlung, die zu meinem Ende beitragen wird. Sie hatte mit sich selbst im Streit gelegen, obwohl sie glaubte, sie hätte nur eine Auseinandersetzung mit ihrer Mutter gehabt, doch ihre Mutter schenkte ihr nicht die geringste Beachtung. Sie trug ein weißes Kleid aus Baumwolle; ihr Vater bestand darauf, daß sie sonntags Weiß trug, nicht aus irgendeiner irgendwie erkennbaren Tradition, sondern nur, weil er eine Vorstellung von seiner eigenen Tugend besaß, und die war anderer Leute Tugend überlegen und nur für ihn selbst erkennbar. Als sie ihr Fahrrad holte, war sie mir begegnet, und sie hatte mich auf eine Weise angesehen, die zu ihrer beständigen Mimik werden sollte: die Mundwinkel hochgezogen; die Iris ihrer Augen angestrengt in die Ferne gerichtet, so daß der Gegenstand, auf den sie schaute, nicht in ihrem Blickzentrum lag. Eine Bitterkeit kam aus ihren Nasenlöchern; es war nicht die Luft, die sie einatmete, sondern die Luft, die sie ausatmete. Sie war ohne Mitleid, als sie mich ansah, aber das war unwichtig, ich brauchte ihr Mitleid nicht. Als ich sie wiedersah, lag sie in einem Bett im Krankenhaus von Roseau. Sie war da allein. Ihr Vater war vor mir dagewesen, ihre Mutter war vor mir dagewesen, sie waren nicht zur selben Zeit vor mir dagewesen. Es war zehn Tage her; sie war vor zehn Tagen den Abhang hinuntergestürzt. Die Seltsamkeit des Lebens war ihr noch nicht aufgegangen, die Kurzlebigkeit jeden Augenblicks, jeden Tages und selbst jeden Daseins war ihr noch nicht aufgegangen; heute glaube ich, daß das nie geschehen ist. Ich glaube, daß sie am Ende ihres Lebens unglücklich war, sie war verwirrt – genauso, wie sie es zu Beginn gewesen war. Das Leben ist selbstverständlich kein Rätsel, jeder Sterbliche kennt seinen gesamten Verlauf nur zu gut; das Rätsel ist ein Trick, der für die verflucht Neugierigen ausgedacht wurde.

Sie lag zwischen den groben Laken des Krankenhausbettes. Ihre Haut war blaßbraun, wie neues Papier, und der dunkelbraune Farbton lag obenauf. Sie war weder glücklich noch unglücklich, als sie mich sah, sie war darüber hinaus. Sie konnte mich nur ganz undeutlich sehen. Vielleicht kam ich ihr vor wie drei oder wie hundert Menschen; ob ich nun drei oder hundert war, sie mochte mich immer noch nicht. Aber sie würde die Welt nie wieder mögen. Ich hatte diesen Besuch aus freiem Willen gemacht. Er war nicht von mir erwartet worden; niemand hatte mich darum gebeten. Als sie mich sah, drehte sie ihren Kopf weg; vielleicht aus Abscheu, oder vielleicht schämte sie sich.

Als ich sie in einem Bett in einem kleinen Raum liegen sah, in dem noch sechs andere Betten standen, aber keine anderen Patienten, war ein Mann über sie gebeugt. Es war derselbe Mann, der manchmal an Sonntagen zu meinem Vater und der Frau meines Vaters zum Mittagessen kam; es war derselbe Mann, mit dem ich die längste Zeit meines Lebens verbringen sollte, doch wie hätte ich das damals wissen können? Sie sah nicht zu mir herüber, sie wollte mich nicht sehen; er schaute mich an, aber zu jener Zeit bedeutete ich ihm nichts, und später erinnerte er sich nicht, daß er mich damals gesehen hatte. Als sie mich anschaute, erschien ich ihr wie in zehnfacher Ausgabe, wobei jede die andere ein bißchen überlagerte und keine Ausgabe von mir ganz zu sehen war. Dieser Anblick machte sie unsicher; sie wandte sich zornig von mir ab. Ich hätte sie da lieben sollen, wenigstens so weit, um die Neugier zu unterdrücken, die sich in mir geregt hatte, als ich sie da liegen sah: Was war das für einer, er, der sie dazu machen konnte, zu einer Halbinvaliden, deren Sehvermögen für immer gestört bleiben sollte?

Mein Vater hatte die Welt genommen, wie er sie vorfand, und zum Gegenstand seiner Launen gemacht, ebenso wie andere Männer ihn in der Welt, wie sie sie vorfanden, zum Gegenstand ihrer Launen gemacht hatten. Er hatte diese Welten innerhalb der Welten, soweit ich wußte, nie in Frage gestellt. Er war ein reicher Mann; es gab Männer, die reicher waren als er, und Männer, die noch reicher waren. Sie würden alle dasselbe Ende nehmen, nichts konnte sie retten. Er hatte lang genug gelebt, um den Glauben an seine Bemühungen zu verlieren, um den Glauben zu verlieren, daß sie irgendwelchen Wert für die Zukunft hätten, aber sein Herumhantieren mit den materiellen Gütern dieser Welt war wie eine Droge: er war süchtig danach, er konnte es einfach nicht lassen. Seine Erbin – jetzt nur noch die Tochter seiner Frau, sein Sohn war tot, seine Frau war tot, ich hatte mich dieser Lage selbst entzogen –, sie hatte keinen Zugang zu seiner Einstellung zur Beschaffenheit der Welt und hätte ihrer Veranlagung nach wohl sowieso nicht dieselbe Einstellung zur Welt gehabt; sie sah in dem Vermögen ihres Vaters nur ein Mittel, das sie von den Lasten des täglichen Lebens befreien würde, wie sie es um sich her beobachtete: ein Leben, in dem Böden gefegt wurden, die doch nur sofort wieder dreckig waren; ein Leben, in dem Essen gekocht wurde, das doch nur verzehrt wurde, auf daß wieder neues Essen gekocht werden mußte: ein Leben, in dem Kleider gereinigt wurden, die doch nur schäbig und dreckig wurden und von neuem gereinigt werden mußten. Und trotzdem hatte mein Vater vielleicht recht, wenn er nach der Welt strebte, und meine Schwester hatte recht, wenn sie sie genoß, denn das Gegenteil, das Streben nach Tod, ist überhaupt kein wirkliches Streben: Der Tod ist das Unausweichlichste von allem Unausweichlichen, die einzige Gewißheit in aller Ungewißheit.

Und so ging ich dann zu dem Mann, der meine Schwester an den Rand des Abgrunds gebracht hatte, so daß sie nun in einem Krankenhausbett lag, für den Rest ihres Lebens eine Halbinvalidin. Er hatte sie nie im Krankenhaus besucht, vielleicht hatte er nicht von ihrem Unfall gehört. Sie glaubte, daß er nichts gehört hatte; sie glaubte selbstverständlich, daß er nichts gehört hatte; die Boten waren keine Menschen, die sie kannte; sie waren nicht zuverlässig. Ich war die einzige Person, die ihm eine Botschaft überbringen konnte, aber es war zu demütigend, mich um so etwas zu bitten, und es wäre mehr, als sie ertragen konnte, wenn ich erfahren hätte, daß er ihren Wunsch ablehnte. Ich ging trotzdem zu ihm. Er war ein eitler Mann, doch seine Eitelkeit war von der gewöhnlichen Art; sie stammte nicht aus einer geheimen Überzeugung, einer tiefen Selbstkenntnis, sie stammte aus etwas, von dem er glaubte, daß andere Menschen es in ihm sahen, wenn sie ihn anschauten, etwas in der Art, wie er sich gab; wie er hartnäckig und eindringlich seinen Blick auf sie heftete und wie er mit einer gewissen Betonung ging. Wenn ich hätte belustigt sein können, wenn ich in meinem Leben Zeit zum Lachen gehabt hätte, dann hätte ein Mensch, wie er es war, mich dazu bringen können.

Er hatte einen Schnurrbart, eine dichte, scharfe Bürste aus Stoppeln, die er mit den Fingern seiner linken Hand streichelte, ganz gleich, in welcher Situation. Ich hatte schon den Halsausschnitt meines Kleids über den Kopf gezogen, die Arme durch die Ärmel gesteckt; ich war gerade dabei, meinen Gürtel durch die Schnalle zu schieben, als ich ihm mitteilte, daß meine Schwester im Krankenhaus lag, sie hatte einen Unfall erlitten, und sie wolle ihn gerne sehen. Er wußte nicht, daß Elizabeth eine Schwester hatte, und als ich ihn fragte, wie die Kenntnis einer solchen Sache denn seine Welt verändert hätte, spielte er mit seinem Schnurrbart und lachte; es war ein Laut, den nur er hören konnte. Seine Hände waren unfähig gewesen, Lust zu wecken oder auch nur Interesse zu wecken; seine Lippen waren breit und großzügig, sie befriedigten sich selbst. Als ich das Krankenbett meiner Schwester verließ, um ihn aufzusuchen, war ich von Neugier getrieben, doch es war keine sehr heftige Neugier. Eigentlich wollte ich nur sehen, ob es schon zu spät war, sie davon abzubringen, daß sie die Anwesenheit dieses unwürdigen Mannes zu einer dauerhaften in ihrem Leben machte, eigentlich war es mir egal, und eigentlich war es auch sowieso unwichtig.

Sie heirateten, doch es vergingen Jahre, bevor dieses Ereignis stattfand: drei, vier, fünf, sechs, dann sieben. Sie wurde nach diesem Unfall nie wieder gesund. Ihr ganzer Körper war so von Narben überzogen, daß er wie eine Landkarte aussah, auf der die Linien immer wieder neu gezogen worden waren, als Ergebnis von Schlachten, deren Ausgang nie ein endgültiger war. Eine Zeitlang weinte sie Tag und Nacht. Dann hörte sie auf und weinte nie wieder. Sie wartete. Eines Tages, noch ziemlich zu Anfang ihrer siebenjährigen Wartezeit, kam eine Frau zum Haus meines Vaters und fragte nach meiner Schwester. Als meine Schwester erschien, schob sie ihr ein kleines Bündel in die Arme und sagte, das Bündel sei ein Kind; sie sei seine Mutter, und Pacquet sei sein Vater. Dann verschwand sie. Meine Schwester und ich kümmerten uns um das Kind, obwohl in Wirklichkeit ich es war, die das tat und nach ihm sah, denn sie war unfähig, sich um sich selbst zu kümmern, geschweige denn um ein kleines Kind. Das Kind gedieh nicht, und nach zwei Jahren starb es an einer Krankheit, die angeblich Keuchhusten war. Das Leben des Kindes verging unbemerkt, so als habe es nie stattgefunden. Mein Vater verbot, daß es auf demselben Friedhof begraben wurde wie sein Sohn, Alfred. Am Ende wurde es zwischen einer kleinen Gemeinschaft von Christgläubigen begraben, einer Religionsgemeinschaft, von der mein Vater nicht allzu viel hielt.

Ich wurde nicht zur Hochzeit eingeladen. Der Tag, an dem sie heirateten, hatte nichts Ungewöhnliches. Es regnete immer wieder, der Himmel hatte die Farbe von Milch, die gerade aus einer Kuh in einen alten Eimer gelaufen ist; nichts wies auf irgendwelche Vorzeichen von Gut oder Böse. Alles verhielt sich dieser Verbindung gegenüber gleichgültig. Meine Schwester trug ein Kleid aus weißer Seide; es kam von weit her, es kam von China, aber es hieß, sie habe in englischer Seide geheiratet. Sie trug Perlen am Hals; mein Vater hatte sie ihrer Mutter geschenkt, ich weiß nicht, woher er sie hatte. Sie war außer sich vor Glück. Sie war nicht schön. Der Unfall hatte sie völlig entstellt: sie konnte ihre Augen nicht richtig scharf einstellen, ein Bein war länger als das andere, und sie humpelte beim Gehen. Es waren nicht diese Dinge, die sie nicht schön sein ließen, denn das innere Chaos, das das ungenaue Sehvermögen in ihr angerichtet hatte, hätte zu einem Ausdruck von Verletzlichkeit auf ihrem Gesicht führen können; auch das Humpeln hätte andere zu Mitgefühl veranlassen können. Doch so war es nicht; sie wurde arroganter, ihre Stimme erhielt etwas Derbes, ihr Blick wurde zu einem angestrengten Starren, ihre Gestalt wurde breit und träge; sie war kein leibhaftiges Schreckgespenst, nur eine Frau, die enttäuscht war von der Liebe, wenn sie durch einen Mann geschieht.

Nachdem sie geheiratet hatten, lebten sie bei ihren Eltern, eine Situation, von der mein Vater sofort und zu Recht vermutete, daß sie gefährlich für mich war. Ihr Ehemann liebte sie nicht, das wußte sie. Er liebte auch mich nicht; das wußte sie nicht. Ich nannte ihn Monsieur Pacquet, und diese Förmlichkeit sollte ein fehlendes Interesse bekunden, gar nicht zu reden von einer fehlenden Kenntnis in bezug auf ihn. Er nannte mich Mademoiselle; er hätte mich auch Miss nennen können, doch ihm gefiel die Art, wie das Wort über seine Lippen glitt, der Schwung, mit dem er es sagte. Es war zu der Zeit, daß mein Vater vereinbarte, ich solle bei seinem Freund in Roseau leben und für ihn arbeiten, seinem Freund, dem Arzt, der sich um meine Schwester gekümmert hatte, als sie zur Invalidin wurde und im Krankenhaus lag.

Was läßt die Welt sich drehen? Wer hätte die Antwort auf solch eine Frage nötig?

Ein Mann, der stolz ist auf die helle Färbung seiner Haut, schätzt sie besonders deshalb, weil sie nicht Ergebnis irgendeines Strebens ist, sie gehört ihm ohne irgendwelche Bemühungen seinerseits; er ist einfach so geboren worden, er wurde gesegnet und dazu auserwählt, so zu sein, und sie verleiht ihm ein besonderes Vorrecht in der Hierarchie aller Dinge. Dieser Mann sitzt auf einer erhöhten Stelle, nicht unten auf der Erde, und alles, was er sieht – fruchtbare Felder, weite Ebenen, hohe Berge mit tief darin vergrabenen Schätzen, aufgewühlte Meere, stille Ozeane –, all dies, so weiß er mit eherner Gewißheit, sollte ihm gehören. Was die Welt sich drehen läßt, ist eine Frage, die er stellt, wenn alles, was er sehen kann, fest in seiner Hand ist, so fest in seiner Hand, daß er hin und wieder nicht mehr hinzuschauen braucht, er kann es aufkündigen, er kann fordern, daß es ihm genommen wird, er kann den Augenblick verfluchen, da er gezeugt wurde, und den Tag, da er geboren wurde, er kann sich nachts schlafen legen, und er wird des Morgens aufwachen, und alles, was er sehen kann, ist immer noch fest in seiner Hand; und wieder kann er fragen: Was läßt die Welt sich drehen, und er wird dann eine Antwort erhalten, und sie wird Bände umfassen, und es gibt viele Antworten, und alle unterscheiden sie sich, und es gibt viele Männer, und alle sind sie gleich.

Und was frage ich? Wie lautet die Frage, die ich stellen kann? Ich besitze nichts. Ich bin kein Mann.

Ich frage: Was läßt die Welt sich drehen gegen mich und gegen alle, die aussehen wie ich? Ich besitze nichts, ich überblicke nichts, wenn ich diese Frage stelle; vor mir erstreckt sich nicht der Luxus einer Antwort, die Bände füllt. Wenn ich diese Frage stelle, ist meine Stimme von Verzweiflung erfüllt.

Die Woche hat sieben Tage, wieso, weiß ich nicht. Sollte ich mich in der Lage befinden, solcherlei Dinge wie Tage und Wochen und Monate und Jahre zu benötigen, dann bin ich nicht sicher, ob ich sie in der Weise anordnen würde, wie ich sie jetzt vorfinde. Trotz alledem, da sind sie nun mal.

Es war Sonntag in Roseau; die Straßen waren beunruhigend, halbleer, ruhig, sauber, das Wasser im Hafen war reglos, als befände es sich in einer Flasche, in den Häusern fehlten die gewohnten zänkischen Stimmen, der Himmel war von einem Blau, das überwältigend und normal zugleich war. Die Bevölkerung von Roseau, das heißt diejenigen, die aussahen wie ich, sie waren längst schon zu Schatten geschrumpft; die für immer Fremden, die am Rande hatten längst schon jede Verbindung zu einer Ganzheit verloren, einem Innenleben eigener Erfindung, und da es ein Sonntag war, waren einige von ihnen, wie in Trance und nicht mehr ganz richtig im Kopf, auf dem Weg zu einer Kirche oder von einer Kirche. Diese Beschäftigung – das In-die-Kirche-Gehen und Aus-der-Kirche-Kommen – wirkte in gewisser Weise wie von oben angeordnet. Und sie signalisierte auch wieder die Niederlage, denn wohin hätte das Leben all der Eroberten geführt, wenn sie nicht schließlich an die Götter der Menschen geglaubt hätten, von denen sie erobert worden waren? Ich ging an einer Kirche vorüber. Die Kirche, ein kleines wunderschönes Gebäude, sollte in ihrer Schlichtheit und Unirdischheit ein ähnliches Gebäude in irgendeiner düsteren Ecke Englands imitieren. Doch diese Kirche, in jeder Hinsicht typisch für jene Zeit und jene Gegend, war Stück für Stück von versklavten Menschen erbaut worden, und viele der Menschen, die Sklaven waren, starben, während sie diese Kirche bauten, und ihre Herren ließen sie dann so begraben, daß die versklavten Gesichter am Tage des Jüngsten Gerichts, wenn alle Toten auferstehen würden, nicht dem ewigen Licht des Himmels zugewandt waren, sondern der ewigen Dunkelheit der Hölle. Sie, die Sklaven, wurden nicht mit dem Gesicht gen Osten begraben. Aber hatten die Sklaven überhaupt ein Interesse daran, das ewige Licht zu sehen? Was, wenn die Sklaven die ewige Dunkelheit vorgezogen hätten? Das Bedauerliche an diesen Fragen ist, daß eine Antwort jetzt niemandem mehr nützt.

Also noch einmal, was läßt die Welt sich drehen? Die meisten Menschen in jener Kirche hätten es gerne gewußt. Sie sangen ein Lied. Die Worte lauteten: »O Jesus, ich habe versprochen, / Dir zu dienen bis an mein Ende. / Sei Du immerfort bei mir, / Mein Herr und mein Freund.« Ich wollte da an die Kirchentür klopfen. Ich wollte sagen: Laßt mich ein, laßt mich ein. Ich wollte sagen: Laßt mich euch etwas erzählen. Dieses Herr-und-Freund-Ding, es ist nicht möglich, ein

Herr ist eine Sache, und ein Freund ist eine ganz und gar andere Sache, beide sind etwas völlig Verschiedenes; ein Herr kann kein Freund sein. Und wer wollte so etwas schon, Herr und Freund in einer Person? Ein Mann würde das wollen. Es ist ein Mann, der fragen würde: Was läßt die Welt sich drehen? Und dann würde er in seiner eigenen Antwort Gravitationsfelder entdecken, imaginäre Linien, Krümmungen und Achsen, Vernunft und Logik und, mit eherner Gewißheit, eine Theorie der Gerechtigkeit. Und wenn er damit durch ist, wird er sagen, ja, aber was läßt die Welt sich nun wirklich drehen?, und sein Mund wird in grimmiger Selbstverachtung die Wörter sagen: Begünstige, betrüge, morde.

Dieser Mann ist nicht völlig blind für die Menschen in der Kirche oder dieselben Menschen in ihren kleinen Häusern. Sein Name ist John oder William oder irgendwas in der Art; er hat eine Frau, ihr Name ist Jane oder Charlotte oder irgendwas in der Art; er schießt Kiebitze, er ißt ihre Eier. Sein Leben ist einfach, er meidet die Ausschweifung, weil er es so will; oder sein Leben ist ein kunstvolles Netz aus Ereignissen, Ritualen und Zeremonien, weil er es so will. Er ist nicht völlig blind für die vielen Menschen, die er in Leibeigenschaft hält, dieser Mann; manchmal gefällt ihm die Lage, in der sie sich befinden, und er würde sogar sterben, damit sie darin bleiben; manchmal gefällt ihm die Lage, in der sie sich befinden, nicht, und er würde sogar sterben, um sie daraus zu befreien. Er ist nicht blind für sie, er ist nicht völlig blind für sie. Sie bepflanzen ein Feld, sie ernten; mit seinem scharfen

Auge errechnet er die Früchte ihrer Mühen, die einheitlich in Bündel verschnürt auf den Docks lagern und darauf warten, verschifft zu werden. Dieser Mann macht Profit, manchmal ist er größer, als er erwartet hat, manchmal kleiner, als er erwartet hat. Es ist dieser Profit, mit dem die Wirklichkeit, die diese vielen Menschen darstellen, verheimlicht wird. Denn dieser Mann, der »Mein Herr und mein Freund« sagt, baut ein großes Haus, heizt die Zimmer, sitzt in einem Sessel aus einem Material, das sehr wertvoll ist, weil seine ferne Herkunft im Dunkeln liegt und ebenfalls Zwangsarbeit, Verkrüppelung und den frühen Tod der namenlosen Vielen einschließt; er sitzt in seinem Sessel und schaut aus einem Fenster; seine Stirn, seine Nase, seine schmalen Lippen pressen sich gegen die Scheibe; es ist Winter (etwas, was ich nie sehen werde, ein Klima, das ich nie kennenlernen werde, und da ich es nicht kenne und da es für mich nichts birgt, was ich schön finde, betrachte ich es mit Argwohn; ich schaue auf Menschen herab, die es kennen, aber ich, Xuela, befinde mich nicht in einer Lage, die mehr als das erlaubt). Das Gras lebt, aber es wächst nicht (es schläft), die Bäume leben, aber sie wachsen nicht (sie schlafen); die Hecke ist in ihrer rigoros beschnittenen Form ein kleines Denkmal des Elends, sie trennt zwei Felder; die Sonne scheint, doch das Licht ist bleich und schwach, als komme es nur unter großer Anstrengung zustande. Er schaut nicht auf einen Friedhof; er schaut auf einen kleinen Teil all dessen, was er besitzt, und die unregelmäßigen Hügel, die die Gestalt von Gräbern haben, da die Erde erst hart, dann weich, dann wieder hart geworden ist, bergen schon seine Vorfahren und deren Taten, und sie haben reichlich Raum für ihn und alles, was er tun wird für all die Seinen, die nach ihm kommen werden, und für alles, was sie tun werden. Seine Stirn, seine Nase, seine schmalen Lippen pressen sich noch härter gegen das Fenster; in seiner Vorstellung wird die reglose Erde zu einem blauen Meer, einem grauen Ozean, und auf dem blauen Meer und dem grauen Ozean sind Schiffe, und die Schiffe sind voller Menschen, und die Schiffe voller Menschen sinken immer und immer wieder auf den Grund des blauen Meeres und des grauen Ozeans. Auch das blaue Meer und der graue Ozean sind ein kleiner Teil all dessen, was er besitzt, und mit ihrer glatten, friedlichen Oberfläche sind sie ein Zeichen geschlossener Bündnisse, unverbrüchlicher Versprechen, und dennoch tauchen die unregelmäßigen Hügel auf, die die Gestalt von Gräbern haben, und die eine kleine Wölbung verschluckt die nächste kleine Wölbung und verbirgt eine Tiefe, die sich messen läßt, doch das Wissen um das Maß kann die Furcht nicht besiegen. Die Unvoreingenommenheit des schlafenden Felds da draußen vor seinem Fenster ist ihm wohlvertraut; es nimmt ein Geschöpf auf, das er gräßlich findet, es nimmt seinen zutiefst verehrten Vorfahr auf, es wird ihn aufnehmen; doch das schlafende Feld wird umgepflügt, und es ist Frühling (ich kenne mich darin nicht aus, ich sehe nichts Erfreuliches darin, ich halte Menschen, die damit zu tun haben, für geringer als mich selber, aber ich, Xuela, befinde mich nicht in einer Lage, die meinem Gefühl Bedeutsamkeit verleihen könnte), und das Feld kann dazu gebracht werden, das zu tun, was er will. Die Unvoreingenommenheit des blauen Meeres, des grauen Ozeans ist ihm ebenfalls wohlvertraut, doch diese kalten, riesigen Gewölbe aus Wasser lassen sich nicht umpflügen, und keine Jahreszeit kann sie ihm günstig stimmen; das blaue Meer, der graue Ozean werden ihn holen, mitsamt all dem, was sein irdisches Glück darstellt (das Schiff voller Menschen), und all dem, was sein Unglück darstellt (das Schiff voller Menschen).

Es ist ein Nachmittag im Winter, der Himmel über ihm ist von einem Blau, das überwältigend und normal zugleich ist, mitten darin steht ein Mond aus reinem Weiß und nicht ganz voll. Er hat Angst. Sein Name ist John, er ist der Herr der Menschen in dem Schiff, das auf dem blauen Meer, dem grauen Ozean segelt, aber er ist nicht Herr des Meeres oder des Ozeans. In seiner Lage als Herr hat er deutliche und genaue und besondere vorrangige Bedürfnisse, und deshalb ist er ohne Erbarmen, er ist ohne Mitleid, er ist ohne Zärtlichkeit. In seiner Lage als Mensch, unbekleidet und ohne Nahrung, als ein Dokument der Gewöhnlichkeit, ohne sein Haus mit den geheizten Zimmern, widerfährt ihm dasselbe Schicksal wie all denen, deren Herr er einmal war; der Boden draußen vor seinem Fenster wird ihn aufnehmen; und ebenso das blaue Meer, und ebenso der graue Ozean. Und so kommt es, daß er in dem Augenblick, als er sich in dieser Lage befindet, der Lage eines Menschen, eines gewöhnlichen Menschen, darum bittet, daß Herr gleich Freund sein möge, er bittet für sich um das einzige, was er nicht geben kann;

er bittet und er bittet, auch wenn er weiß, daß so etwas nicht möglich ist; *so etwas ist nicht möglich*, doch er kann nicht anders, denn der erste Mensch, der einem leid tut, ist immer man selber. Und es ist dieser Mensch, dieser Mann, der in einem Augenblick, da er es nötig hat, sagt: Gott urteilt nicht; und als er dies sagt, Gott urteilt nicht, begibt er sich in eine kindähnliche Haltung; seine Knie sind gekreuzt, seine Arme fest darum geschlossen, und er erzählt sich selber die Parabel vom Sämann und dem Weizen, und er gibt ihr eine Deutung, die für ihn günstig ist: Gottes Liebe scheint gleichermaßen auf allen Weizen, wo immer er wachsen mag, zwischen den Felsen, auf magerem Boden, auf guter Erde.

Diese kurze, bittere kleine Predigt, die ich mir selber hielt, war nicht neu für mich. Es gab kaum einen Tag in meinem Leben, an dem ich nicht irgendeinen Vorfall beobachtete, der meinen Ansichten neues Gewicht verlieh, denn für mich war die Geschichte nicht eine große Bühne, vollgestopft mit Erinnerungen, mit Blaskapellen, Hurrarufen, Ordensbändern, Medaillen und dem Geräusch edler Gläser, die klirrten und hoch in die Luft gehalten wurden; mit anderen Worten, den Geräuschen des Sieges. Für mich war Geschichte nicht nur Vergangenheit: Sie war die Vergangenheit, und sie war auch die Gegenwart. Ich hatte nichts gegen meine Niederlage, ich hatte nur etwas dagegen, daß sie so lange andauerte; ich sah die Zukunft nicht, und vielleicht muß das auch so sein. Warum muß jemand so etwas sehen; das ist mehr als anmaßend, es ist ein Zeichen unangebrachter Eitelkeit. Und doch... und doch, der Gedanke, daß ich nicht geradeaus nach vorne schaute, machte mich traurig, ich schaute immer zurück, manchmal schaute ich zur Seite, aber meistens schaute ich zurück.

Die Kirche, vor der ich an jenem Sonntag stand, war mir sehr vertraut, ich war in ihr getauft worden; mein Vater war mittlerweile ein so gutes Mitglied dieser Gemeinde, daß er jetzt während des Sonntagmorgengottesdienstes den Bibeltext lesen durfte. Als wäre sie meinem stummen Ruf gefolgt, kam die Gemeinde plötzlich aus der Kirche gestürzt, und unter ihnen waren mein Vater, dem nicht mehr die kleinste Spur des Verrats anzusehen war, den er mit dem Beitritt zu dieser Gruppe von Menschen begangen hatte, und Philip, der Mann, für den ich arbeitete, den ich aber nicht haßte und der gleichzeitig der Mann war, mit dem ich schlief, den ich aber nicht liebte und den ich schließlich heiraten, aber immer noch nicht lieben würde. Sie, die Gemeinde, befand sich in jenem Moment in einem Zustand tiefer Zufriedenheit, obwohl nicht alle sich im selben Zustand tiefer Zufriedenheit befanden; mein Vater war weniger zufrieden als Philip, seine Stellung in der Gruppe weniger gesichert, seine Hautfarbe problematisch, nicht weil sie dunkel war (sie war nicht sehr dunkel), sondern weil mein Vater in der Kirche, einem Ort, wo alle zu vergessen suchten, wer sie in Wirklichkeit waren und was sie in Wirklichkeit getan hatten, allein durch seine bloße Anwesenheit daran erinnerte, daß sie Frevel lebten und atmeten. Doch mein Vater war ein unglaublicher Schauspieler und verstand es, normale Menschen elend zu machen und einen bloß elenden Menschen in jemanden zu verwandeln, der mitten in der Nacht herausschrie: »Was bringt die Welt dazu, sich gegen mich zu drehen?«, und das mit einer schmerzgeplagten Stimme, die der Nacht so vertraut war, aber dem Menschen, dessen Innerem diese Worte unfreiwillig entschlüpft waren, so fremd. Ein schlichter Blick in die Ferne hätte für ein stichhaltiges Beispiel gesorgt; am anderen Ende des Friedhofs, der an den Kirchplatz grenzte, stand ein Mann namens Lazarus und machte gerade ein Loch in die Erde, er grub gerade ein Grab; der Mensch, der in diesem Grab begraben werden würde, das so weit von der Kirche entfernt war, würde ein armer Mensch sein, vielleicht einer der bloß Elenden. Ich kannte Lazarus – der Name war ihm wohl in einem Augenblick unschuldiger Hoffnung gegeben worden; seine Mutter hatte wohl geglaubt, daß solch ein Name, so mächtig und reich an zweiten göttlichen Chancen, ihn irgendwie vor dem lebendigen Tod beschützen würde, aus dem sein Leben in Wirklichkeit bestand; aber er hatte nichts genützt, Lazarus war als Toter geboren, und er würde als Toter sterben. Er war einer der vielen Menschen, mit denen mein Vater eine schmarotzerhafte Beziehung unterhielt (ebenso wie die Menschen, mit denen mein Vater zur Kirche ging, eine schmarotzerhafte Beziehung zu meinem Vater unterhielten), und ich kannte ihn, weil meine Mutter auf diesem Friedhof begraben war (ich konnte das Grab von dort, wo ich jetzt stand, nicht sehen), und als ich einmal ihr Grab besuchte, stand ich ihm plötzlich auf dem Friedhof gegenüber, wie er in der einen Hand eine Flasche (Halblitergröße) mit weißem Rum trug und mit der anderen den Bund seiner Hose festhielt; ein Insekt versuchte ständig, an dem kleinen Spuckesee zu nippen, der sich in seinem einen Mundwinkel gesammelt hatte, und zuerst benutzte er die Hand, die die Rumflasche gehalten hatte, um es fortzuwischen, doch das Insekt blieb hartnäckig, und da ließ er ohne zu überlegen unwillkürlich seinen Hosenbund fahren und wischte das Insekt entschlossen fort. Das Insekt verschwand tatsächlich, das Insekt kam nicht wieder, doch die Hose rutschte auf seine Knöchel, und wieder ohne zu überlegen griff er unwillkürlich nach unten und zog sie hoch, und er wurde, was er vorher gewesen war, ein armer Mann, der durch eine Folge von Ereignissen, die die Schuldigen und die Erschöpften und die Hoffnungslosen Leben nennen, um den Verstand gebracht worden war. Er sah aus wie ein überlastetes Tier, er sah aus wie ein lebender Leichnam; die Knochen in seinem Körper traten zu sehr hervor, sie lagen zu dicht unter seiner Haut, er roch sauer, er roch übel, er roch wie etwas, das verweste und sich in jenem süßen Stadium kurz vor dem endgültigen Verfall befand, das manchmal noch als köstlich gilt; bevor seine Hose wieder an ihrem Platz saß, sah ich das einzige noch Lebendige an ihm; es war sein Schamhaar: es bedeckte einen großen Teil seiner Lenden, bildete einen weiten Kreis und verbarg fast sein Geschlechtsteil; es war rot, rot wie ein Geschenk oder rot wie etwas, das rasch verbrennt. Diese kurze Begegnung zwischen einem Totengräber und mir hatte keinen Anfang, und so konnte sie auch kein Ende haben; es gab nur ein »Guten Tag« von mir und ein »Eh-eh« von ihm, und dies beides wurde genau zur selben Zeit gesagt, so daß er gar nicht richtig hörte, was ich sagte, und ich gar nicht richtig hörte, was er sagte, und das war das Entscheidende. Der Gedanke, daß er und ich einander richtig hörten, kam nicht in Betracht; aus Schmerz hätten wir uns womöglich umgebracht oder eine Kette von Ereignissen in Gang gesetzt, die schließlich nur dazu geführt hätten, daß wir mittags auf einem öffentlichen Platz am Galgen hingen. Er verschwand in der Leichenhalle, wo er die Gerätschaften seines Berufs aufbewahrte: Schaufeln, Leitern, Seile.

Die Gemeindeglieder standen auf den Kirchenstufen und aalten sich in der mittlerweile starken Hitze, als wüßten sie mit Sicherheit, daß sie Segnungen bereithielt, wenn auch nur für die Gemeindemitglieder; sie unterhielten sich miteinander, sie hörten einander zu, sie lächelten einander an, sie gaben ein hübsches Bild ab, wie Ameisen aus demselben Bau; es war ein hübsches Bild, denn Lazarus gehörte nicht dazu, ich gehörte nicht dazu. Sie sagten einander auf Wiedersehen und kehrten in ihre Häuser zurück, wo sie eine Tasse englischen Tee trinken würden, obwohl ihnen durchaus bewußt war, daß es so etwas wie einen Teebusch in England nicht gab, und später am Abend, bevor sie zu Bett gingen, würden sie eine Tasse englischen Kakao trinken, obwohl ihnen durchaus bewußt war, daß es so etwas wie einen Kakaobusch in England nicht gab.

Wie ging in dieser Phase meines Lebens ein solcher Tag zu Ende? Ich saß ohne alle Kleider auf meinem Bett, meine Beine lagen über Philips Beinen, und auch er hatte keine Kleider an. Er hatte sich gerade aus mir zurückgezogen, und eine warme, spuckeartige Flüssigkeit tropfte aus mir und machte einen feuchten Fleck auf dem Laken. Wie die meisten Männer, die ich kennengelernt hatte, war er besessen von einer Beschäftigung, die er nicht besonders beherrschte, aber er befolgte Anweisungen sehr gut, es machte ihm keine Angst, wenn man ihm sagte, was er tun sollte, und er schämte sich nicht, daß er nicht alle Dinge kannte, die sich machen ließen. Er war von dem Gedanken besessen, die Landschaft umzugestalten: nicht im Sinne notwendiger Gartenarbeit, dem Anbau von Gemüse, sondern im Sinne von Luxus, er zog blühende Pflanzen aus keinem anderen Grund als dem Vergnügen daran, und er zwang die Pflanzen, genau das zu tun, was er von ihnen wollte; und es machte durchaus Sinn, daß ihn diese Beschäftigung anzog, denn sie ist ein Akt der Eroberung, wie gutwillig sie auch sein mag. Er war auf seine übliche Weise zu mir in mein Zimmer gekommen: Er sagte nichts, er zeigte nichts, er handelte, als fühle er nichts, und das war mir recht, denn alle, die ich kannte, waren so voll von Gefühlen und Worten, und häufig war vieles davon darauf angelegt, meinen Willen zu unterbinden; doch diesmal war er mit einem Buch in der Hand in mein Zimmer gekommen, einem Buch mit lauter Bildern von Ruinen, nicht solchen, die Überreste einer untergegangenen Zivilisation sind, sondern solchen von absichtlich erbautem Verfall. Auch von dieser Idee war er besessen, von Verfall und Zusammenbruch, und auch das ergab einen Sinn, denn er stammte von Menschen ab, die so viel davon verursacht hatten, daß sie schließlich wohl glauben mußten, sie könnten ohne Verfall nicht leben. Und zwischen den Seiten dieses Buchs lagen bestimmte Arten gepreßter Blumen, die er gekannt und, wie ich vermute, auch geliebt hatte, Blumen, die aber im Klima von Dominica nicht wachsen konnten; die Blumen waren getrocknet und in eine durchsichtige Hülle gesteckt worden; und er hielt sie gegen das Licht und nannte mir ihre Namen: Pfingstrose, Eisenhut, Rittersporn, Fingerhut, und in seiner Stimme lagen sowohl der triumphierende Ton des Siegers als auch die verstimmte Melodie des Enteigneten; denn mit dem Namensaufruf dieser Blumenrabatte (er hatte mir einmal ein Bild von solch einer Sache gezeigt, einer bloßen Ansammlung blühender Pflanzen) geriet er in eine fast wie durch Äther erzeugte Trance und rief sich alltägliche Szenen aus seiner Kindheit ins Gedächtnis: er erwähnte, was seine Mutter jeden Mittwoch machte, wie sein Vater seinen Schnurrbart schnitt, er erwähnte den Geruch von Regen im ländlichen England, Puddings, die mit Ei steif gemacht wurden und nicht mit Pfeilwurz; wie sein Haar immer im Sommer geschnitten wurde, so daß sein Kopf dem Rücken eines jungen Tiers glich, und wie eine kräftige Abendbrise seinen heißen Schädel kühlte, wenn er nach einer Tageswanderung über irgendwelche Moore die Spitze irgendwelcher Klippen erklommen hatte; er erwähnte das letzte Geräusch, das er kurz vorm Einschlafen gehört hatte, als er die erste Nacht fern von Mutter und Vater in der Schule verbrachte, und die Freundlichkeit eines englischen Himmels besonders am Ostersonntag, und das *Plopp* eines

Tennisballs, der – ein weißer Blitz – die absolute Stille eines englischen Sommernachmittags unterbrach; seine Mutter, die im Schatten einer hohen Schierlingstanne stand und in der einen Hand einen Korb mit Früchten von Adel und Charakter trug und einen Pflanzenheber in der anderen – insgesamt eine Außenwelt voll natürlicher, vollkommener Symmetrie und eine Innenwelt, die frei war von Modetorheiten oder dem, was gerade schick war, und frei von unangenehmen Gerüchen.

Und die Wörter entströmten ihm, eines nach dem anderen, und verrieten immer noch keinerlei Erregung, sie überstürzten sich, so wie Wasser, das einen Abhang hinunterfällt, und ich wurde es leid, und es kränkte mich, und ich machte dem ein Ende, indem ich meine Kleider auszog und mich vor ihn hinstellte und meine Arme bis hoch an die Decke streckte und ihn auf die Knie befahl und ihm zu essen befahl und ihn so lange dort bleiben hieß, bis ich vollständig befriedigt war.

Danach war sein Gesicht mit zarten, wie beiläufig gezogenen Linien gemustert, mit einer Reihe leichter Eindrücke, die durch die Fülle von rauhem Haar entstanden waren, das zwischen meinen Beinen wuchs. Er sah dann immer wunderbar menschlich aus, frei von Schuld, nicht glücklich, nur sehr menschlich. Er war einmal jung gewesen, doch er war nicht mehr jung. Er war etwa so alt wie mein Vater, ungefähr fünfzig, doch es war nicht überraschend, daß er nicht so aussah; mein Vater mußte seine Verbrechen gegen die Menschlichkeit selber begehen: Er trug in seinem Gesicht die Anzahl der Menschen, die er arm gemacht hatte, die

Anzahl der Menschen, zu deren frühem Tod er einen greifbaren Beitrag geleistet hatte, die Anzahl der Kinder, die er gezeugt und dann nicht beachtet hatte, und so weiter; doch zu dem Zeitpunkt, als Philip geboren wurde, waren alle bösen Taten schon begangen worden; er war ein Erbe, Generationen von Menschen waren gestorben und hatten ihm etwas hinterlassen. Daß ihm dies nicht die ewige Glückseligkeit gebracht hatte, ihm nicht den irdischen Frieden gebracht hatte, ihn nicht davor schützen würde, das Unbekannte kennenzulernen, und ihn vielleicht auch in eine Gegend der Welt getrieben hatte, die er nicht mochte, in das Bett einer Frau, die ihn nicht liebte, stand außer Zweifel. Er war ein großer Mann, größer als mein Bett lang war, und so konnte er nicht in meinem Bett schlafen. Man konnte an seinen Händen sehen, daß er kein Selbstvertrauen besaß, nicht in der Öffentlichkeit und auch nicht im Privaten: Seine Hände waren klein, standen in keinem Verhältnis zu seinem übrigen Körper; sie waren blaß, von der Farbe einer Unglücksschabe im Stadium der Verpuppung; es waren keine Hände, die eine Welt erfinden oder gewinnen konnten, es waren Hände, die eine Welt verlieren konnten. Ich arbeitete schon länger als ein Jahr als Assistentin für ihn, seit ich einen Husten nicht hatte loswerden können und er deswegen meine Brust abhören mußte. Meine Brüste waren damals in einem Dauerzustand der Empfindsamkeit, die Brüste waren kleine Kugeln aus rötlichbraunem Fleisch, die Warzen purpurne, spitz zulaufende Früchte; sie brannten, sie juckten, und diese Empfindsamkeit hörte nur auf, wenn ein Mund, der Mund eines

Mannes, sie fest umschloß und daran saugte; ich hatte schon vor längerer Zeit erkannt, daß dies vielleicht ein durchgängiger Bestandteil dessen war, was ich wirklich bin, und deshalb sah ich mich nach einem Mann um, der mir Erlösung von dieser Empfindsamkeit versprach; ich sah mich nicht nach einem Ehemann um, und deshalb kamen mir die Sätze »Ich habe ihn geheiratet, weil er hübsch war«, »Ich habe ihn geheiratet, weil ich ihn für vertrauenswürdig hielt«, »Ich habe ihn geheiratet, weil ich ihn für einen guten Versorger hielt« nie über die Lippen. Weil meine Brüste sich in einem solchen Zustand befanden, hatte ich mir Musselinstreifen fest um die Brust gebunden, wie um eine alte Wunde zu schützen. Damit Philip mich untersuchen konnte, mußte ich den Verband entfernen, und da er Arzt war, tat ich das in seiner Anwesenheit. Ich entfernte vorsichtig den Musselin so, als wäre ich allein, und ich tat das, weil ich mich in Gegenwart eines Arztes befand, nicht weil ich wollte, daß er es in irgendeiner Weise interessant fand. Seine Stimme hatte etwas Seltsames, seltsam war sie, weil sie von ihm kam und mir doch ganz vertraut war; er klang wie ein Mann, ein ganz gewöhnlicher Mann, so wie ein Mann meiner Erfahrung nach war; deshalb erzählte ich ihm genau, warum ich dies tat. Ich erzählte ihm, daß meine Brüste von einer empfindlichen Reizbarkeit waren, einer empfindlichen Reizbarkeit, die ich angenehm fand, weil sie nur durch eine Reizung erleichtert werden konnte, die ich noch wünschenswerter fand, den Mund eines Mannes, der sich fest auf sie legte.

Wir waren in dem Raum, wo er Patienten untersuchte, ich saß auf dem Tisch; der Raum hatte an drei Seiten Fenster, die Fenster hatten verstellbare hölzerne Jalousien; die hölzernen Jalousien standen halb offen, und durch sie kam das Sonnenlicht herein, portionsweise, jeder Strahl war knapp acht Zentimeter breit, und einige fielen bis zur Mitte des Fußbodens und endeten dort, und einige fielen schräg auf einen anderen Teil des Fußbodens und knickten dann an der Wand ab und endeten da auf halber Höhe, und all das verlieh dem Raum eine seltsame Atmosphäre – das Muster von Schatten und Licht, ein vollständig bekleideter Mann, eine Frau, die erklärte, wieso sie ihre Brüste verband, eine Kerosinlampe auf dem Bord, eine Reihe Emailleschalen auf einem Mahagonitisch, in denen Spritzen und Nadeln und Zangen lagen; und ganz plötzlich muß er erregt gewesen sein, denn er ging weg von mir und blickte durch eine der halb geöffneten Jalousien, und natürlich sah er das Ende der Welt, denn der Himmel von Roseau sah manchmal so aus, er sah wie jener himmlische Himmel aus, der Ort, zu dem du gehst, wenn du nicht zu sehr nachdenken möchtest; und es ist möglich, daß er sich fragte, was er denn in diesem Teil der Welt machte, und es ist möglich, daß er sich alle Gründe, die ihn in diesen Teil der Welt gebracht hatten, ins Gedächtnis rief; jeder einzelne hätte ihn krank gemacht. Die Leute sagen, etwas sei unvermeidlich gewesen, wenn sie sich irgendwie hilflos fühlen, wenn etwas, was gut schien, sich als schlecht erweist, und das zum millionsten Mal; niemand sagt dies jemals auf seinem Totenbett, dem einzigen Mal, wo es angemessen wäre, so etwas zu sagen, weil nichts anderes unvermeidlich ist, nicht einmal, daß die Sonne an dem Morgen aufgeht, den du vielleicht nicht mehr erlebst.

Welche Farbe hatte die Nacht? Schwarz. Ich war in meinem Zimmer. Zu welcher Zeit in der Nacht kam er zu mir? Es war nicht lange, nachdem ich das Geräusch der Stiefel des Nachtwächters auf dem Kopfsteinpflaster gehört hatte; sie kamen von ihrer Aufgabe der Bewachung des Gouverneurshauses zurück, auch wenn solch eine Aufgabe, die Bewachung des Gouverneurs, ohne jegliche Bedeutung war, denn wer würde dem Gouverneur etwas tun? Ich schon, ich hätte ihm leicht den Kopf abschneiden können, aber sie würden nur einen neuen Gouverneur schicken, und sogar ich würde es leid werden, dieses Kopfabschneiden. Klopfte er an meine Tür? Sagte ich: Herein? Öffnete er rasch die Tür und trat ein mit einem unangebrachten Ausdruck des Erwünschtseins im Gesicht? Trat er sich die Füße auf der Matte an der Tür ab? Schloß er die Tür hinter sich? Welche Farbe hatte sein Gesicht? War es bleich und gespenstisch, feige, hohlwangig, traurig? War es rot, gut durchblutet, erregt, glücklich? Vielleicht, vielleicht. Er trug ein blaues Hemd, in jenem Blauton, den das Meer zu Mittag annimmt, und das überraschte mich, weil ich nicht wußte, daß er solch eine Farbe mochte; er muß Schuhe getragen haben; er mußte gerade gebadet haben, ein Duft kam von ihm, für einen Mann schon ein Parfüm, ein Duft, den kein Mann, den ich je kannte, sich hätte leisten können. Er trug ein Buch in der Hand – das tat er von Anfang an –, er trug es in der rechten Hand, und sein Zeigefinger trennte es in zwei Teile. Er sagte meinen Namen. Mein Zimmer war nicht besonders klein, es war nicht besonders groß; es war für seine Pflegerin gebaut worden, war gebaut worden, um jemanden zu beherbergen, der weit über meinem sozialen Stand war, jemanden, der weit unter seinem war, jemanden, der nicht ich war, jemanden, der nicht er war, jemanden, der mir meinen Ort zuweisen würde, jemanden, der ihn an seinem lassen würde; doch eine Pflegerin kam nie. Ich konnte die Dunkelheit der Nacht draußen spüren, eine Dunkelheit, die kein Sternenlicht erhellen konnte, eine Dunkelheit, die von jeder Bewegung abhielt, sofern man nicht glaubte, Augen an den Füßen zu haben; ich konnte jemanden singen hören, eine Frau – es war eine englische Frau; sie sang ein trauriges Lied, ein trauriges Wiegenlied, doch sie selber war nicht traurig, Menschen, die traurig sind, singen nicht. Mein Zimmer wurde von einer kleinen blauen Lampe erleuchtet, deren Fuß aus Porzellan war, und darauf waren zwei Blumen mit bunten Blütenblättern gemalt – sie hießen Papageientulpen, hatte Philip mir gesagt –, und sie gab ein Licht, das das Zimmer nicht romantisch wirken ließ, nicht verrucht, nicht warm, nichts von alledem; sie gab nur Licht, nicht viel Licht, weil es eine kleine Lampe war; es war die Lampe meiner Mutter gewesen, und es wird das letzte Lampenlicht gewesen sein, das sie sah, weil es die Lampe war, die das Zimmer zu der Zeit erleuchtete, als sie starb, welches die Zeit war, zu der ich geboren wurde; und bei diesem Lampenlicht wird sie auch das Gesicht meines Vaters gesehen haben, wenn er auf ihr lag, kurz bevor er sich aus ihr zurückzog. Aber diese kleine Lampe gab nicht viel Licht, und Philip trug ein Buch in der Hand, von dem er glaubte, daß er es mir zeigen wollte; er glaubte es wirklich, seit dem Moment, da er es von seinem Platz auf dem Bord genommen hatte, kurz bevor er sein Abendbrot aß, hatte er geglaubt, daß er es wollte; und danach ging seine Frau in ihr Bett, und er stand in drei Türrahmen, die zwischen Zimmern ein und aus führten, und dann trat er vor sein Haus und ging hinüber zu meinem Zimmer und war in der Tür, und die ganze Zeit glaubte er, daß er mir dieses Buch zeigen wollte, bis unmittelbar zu dem Augenblick, als ich ihm sagte, daß ich es nicht sehen wollte. Ich hatte auf dem Boden gesessen und gedankenverloren verschiedene Teile meines Körpers gestreichelt. Ich trug ein Nachthemd aus grober Baumwolle, das mein Vater mir geschenkt hatte, und als Philip hereinkam, war eine Hand darunter, und meine Finger hatten sich in dem Haar zwischen meinen Beinen verfangen. Als er hereinkam, nahm ich meine Hand nicht hastig weg. Er sagte meinen Namen. Ich wollte ihm normal antworten, so wie man es gewöhnlich tut, wenn einen jemand ruft: Man sagt: »Ja?« und wartet, daß er fortfährt, aber ich konnte das nicht, meine Stimme fühlte sich an, als habe sie sich in meiner Hand verfangen, der Hand, die sich im Haar zwischen meinen Beinen verfangen hatte. Darauf sagte er nichts. Die Umschläge seiner Hose lagen oben auf seinen Schuhen; die Hose war aus Leinen und hatte einen beigen Farbton, den ich nicht leiden mochte: Knochen, die schon lange tot sind, haben diese Farbe, leere Muschelschalen haben diese Farbe, es ist eine der Farben des Verfalls, aber eine Farbe, die er mochte, viele Sachen, die er trug, hatten diesen beigen Farbton; seine Schuhe waren braun, solide und poliert.

Er war ganz und gar nicht der Mensch, von dem ich mir erträumt hätte, daß er auf mir lag und ich meine Beine um seinen Leib schlang; ich war nicht ohne jemanden, ich kannte einen Mann, einen Mann, an den ich in dieser Weise dachte, einen Mann, von dem ich träumte, aber er war zu dem Zeitpunkt nicht in jenem Zimmer mit mir, er war weg, ich weiß nicht wo, und bis Philip kam, war ich allein in dem Zimmer gewesen und hatte mich gestreichelt, und eine Hand hatte sich absichtlich in dem Haar zwischen meinen Beinen verfangen. Sein Haar war dünn und gelb, wie das von einem Tier, das mir fremd war; seine Haut war dünn und rosa und durchsichtig, als wäre sie erst dabei, zu Haut zu werden, hätte aber noch nicht den Zustand erreicht, den richtige Haut hat; sie war nicht die Haut von irgendeinem der Männer, die ich bis dahin geliebt hatte, und nicht die Haut, von der ich träumte; hier und da guckten die Adern durch, wie Fäden, die eine ungeschickte Näherin durchgezogen hatte; seine Nase war schmal und dünn wie der enge Teil eines Trichters, sie stach in die Luft, als lauere sie auf irgend etwas, und war nicht wie die Nasen, die mir gewöhnlich gefielen. Er sah nicht wie jemand aus, den ich lieben konnte, und er sah nicht wie jemand aus, den ich lieben sollte, und so beschloß ich damals, daß ich ihn nicht lieben konnte, und ich beschloß, daß ich ihn nicht lieben sollte. Es gibt eine bestimmte Weise, wie das Leben sein sollte, eine ideale Weise, eine vollkommene Weise, und es gibt die Weise, wie das Leben ist, und sie ist nicht ganz das Gegenteil von ideal und nicht ganz das Gegenteil von vollkommen, sie ist einfach nur nicht ganz so, wie sie sein sollte, aber auch nicht ganz so, wie sie nicht sein sollte; ich will damit sagen, daß in jeder Situation nur ein oder zwei, vielleicht sogar drei von zehn Dingen genau so sind, wie du sie dir erfleht hast. Er rief meinen Namen. Er hatte das Buch, das er mitgebracht hatte, auf einen Tisch gelegt, einen Tisch, der aus dem Holz einer Eiche gemacht war, einen Tisch mit drei Beinen, die in der Form von Klauen endeten, einen Tisch, den er aus England mitgebracht hatte, für den er aber keine richtige Verwendung gefunden hatte, und so bekam ich ihn oder wer auch immer das Zimmer bewohnen würde, in dem er stand. Er rief meinen Namen, und es war, als wäre er im Klang meines Namens eingesperrt; seine Stimme klang erstickt, rauh, wie bei jemandem, der nicht genügend Luft bekommt, er war verzweifelt, er weinte, obwohl keine Tränen aus seinen Augen kamen, er war nicht er selber, er wäre nie in diesem Zimmer gewesen. Ich begann mein Nachthemd auszuziehen, ich zog es mir über den Kopf, ich hatte mein Haar in zwei Zöpfe geflochten und sie seitwärts am Kopf aufgerollt, sie bedeckten meine Ohren; die Halsöffnung meines Nachthemds war zu klein, und so stand ich vor ihm, mit den Armen über dem Kopf und dem Kopf in meinem Nachthemd, nackt. Ich weiß nicht, wie lange ich so dastand, es kann nur ein Augenblick gewesen sein, doch ich geriet für immer in den Bann des Gefühls, das ich da hatte. Ich spürte eine

Empfindung zwischen meinen Beinen, die mir nicht unvertraut war; er war nicht der erste Mann, mit dem ich zusammen war, doch ich hatte mir nie gestattet, die Macht dieses Gefühls zur Kenntnis zu nehmen, ich selber hatte kein Wort dafür, ich hatte nie ein Wort dafür gelesen, ich hatte nie jemanden ein Wort dafür benutzen hören; das Gefühl war ein süßes, hohles Gefühl, ein leerer Raum mit einer Sehnsucht, gefüllt zu werden, so lange gefüllt zu werden, bis die Sehnsucht, gefüllt zu werden, gestillt war. Er stand hinter mir und fuhr mit seiner Zunge meinen Nacken auf und ab. Er half mir, das Nachthemd wieder über meinen Körper zu ziehen, und dann löste er den einen Zopf, und ich löste den anderen. Er half mir das Nachthemd ausziehen, und es ging ganz leicht. Um seine Taille trug er einen braunen Gürtel aus Hanf, und das Braun hatte denselben Ton wie seine Schuhe, und ich wollte ihn abnehmen, aber ich konnte es nicht ertragen, ihn nackt zu sehen, seine Haut in ihrer Fasthauthaftigkeit würde mich an die Welt erinnern, die Welt außerhalb des Zimmers, und das war die dunkle Nacht, die Welt, die jenseits der dunklen Nacht war, und so schloß ich meine Augen, und ich drehte mich weg und löste seinen Gürtel, ich band ihn mir fest um die Handgelenke und benutzte dabei meinen Mund, und ich hob die Arme in die Luft, und mit seitwärts gedrehtem Gesicht lehnte ich meine Brust gegen die Wand. Ich ließ ihn sich hinter mich stellen, ich ließ ihn sich auf mich legen, mit meinem Gesicht unter seinem; ich ließ ihn sich auf mich legen, mit meinem Rücken unter seiner Brust; ich ließ ihn sich hinter mich legen und seine Hand in meinen Mund halten, und ich biß in einem Augenblick der Verwirrung in seine Hand, einem Augenblick, in dem ich nicht wußte, ob ich litt oder genoß; ich ließ ihn mich am ganzen Körper küssen, von den Füßen angefangen bis hoch zu meinem Kopf. Die Dunkelheit außerhalb des Zimmers drückte gegen die vier Wände; innen wurde das Zimmer immer kleiner, während es sich fast bis zum Bersten mit Hecheln, Keuchen, Stöhnen, Seufzen, Tränen, Lachanfällen füllte; doch diese Geräusche hatten etwas Schrilles an sich, eine Schärfe, eine Verzerrung, die ihr eigentliches Wesen entstellten und dich die Ohren zuhalten ließen, wofern sie nicht aus deinem eigenen Inneren kamen, bis du merktest, daß sie aus deinem eigenen Inneren kamen; all diese Geräusche kamen von mir; er war damals stumm, und er war immer stumm, wenn er in solch einem Zustand war; von ihm kamen keine Worte, von ihm kamen keine Geräusche, nur manchmal murmelte er meinen Namen, als beinhalte er irgend etwas, eine Bedeutung, eine Erinnerung, die er vielleicht nicht herauslassen konnte. Er fiel in einen Schlaf, nicht den Schlaf des Befriedigten, den Schlaf des Gesättigten, sondern den Schlaf des Betrunkenen; ich schenkte ihm keinen Frieden (ebensowenig wie er mir Frieden schenkte); ich konnte ihm keinen Frieden schenken, es wäre gefährlich für ihn gewesen, wenn es so gewesen wäre, ich hätte die Versuchung, ihn sterben zu sehen, überwältigend gefunden, ich wäre nicht fähig gewesen, ihr zu widerstehen.

Seine Frau lebte damals noch, ihr Name war Moira, und sie lebte noch; sie wohnten im selben Haus und aßen gemeinsam dieselben Mahlzeiten zur selben Zeit und machten viele Dinge gemeinsam, aber sie schliefen nicht im selben Bett im selben Zimmer; sie machten viele Dinge gemeinsam, sie gingen zur Kirche, trafen sich mit denselben Leuten zur selben Zeit, aber sie schliefen nicht im selben Bett im selben Zimmer, und obwohl es für mich einen Sinn ergab, weil auch ich es immer vorzog, allein zu schlafen, also tatsächlich zu schlafen, wußte ich nicht, wer von ihnen das wünschte. Ich weiß nicht, wie sie einander begegnet waren, sie sahen nicht so aus, als hätten sie jemals ineinander verliebt sein können, doch selbst ich traute diesem Eindruck nicht; schließlich steckt jeder Mensch voller Geheimnisse. Sie war sehr zufrieden mit dem, was sie war, und das hieß für sie, sie war zufrieden, daß sie zum englischen Volk gehörte, und das ergab einen Sinn, denn dies ist eines der ersten Werkzeuge, die du brauchst, um dich an einem anderen menschlichen Wesen zu versündigen –, du mußt sehr zufrieden sein mit dem, was du bist. Sie mochte ihr Haar, es war schwarz und sehr kurz geschnitten, wie das eines Mannes, und sie machte sich immer eine Mixtur aus Eiern, Honig und Zitronensaft und kämmte sie in ihr Haar, damit es glänzte. Sie mochte ihre Hautfarbe und hätte sie nicht auf folgende Weise beschrieben: wächsern, geisterhaft, ohne Leben; sie hätte von sich selbst gesagt, daß sie freundlich ist, voller Mitgefühl für andere (sie sammelte gebrauchte Kleidung für Hurrikanopfer), anständig (sie beschenkte die Armen), voller Anmut, doch in ihrer augenblicklichen Lage zählte das nicht, und diese Lage bestand aus einer Atmosphäre, die ihr nicht gefiel, einem Ort voller Menschen, die sie niemals würde lieben können. Sie aß tagelang nur Obst und beklagte sich dann, daß es zu sauer oder zu süß war, daß das Fruchtfleisch nicht fest genug war oder daß das Fruchtfleisch zu fest war, und sie legte sich in den Schatten, weil die Sonne zu heiß war, oder sie legte sich in ein Zimmer mit geschlossenen Fenstern, um die Schwüle draußen zu halten, oder vielleicht war es die Dunkelheit oder irgendwas sonst. Sie trug nur Schwarz oder nur Grau oder nur Weiß, und da sie sehr dünn war – knochig, fast wie etwas, das einmal existiert hat und lange Zeit verschwunden und dann wiedergefunden worden ist, ein Überbleibsel, zerbrechlich, eine Art Fossil –, gaben ihr diese Farben etwas Bösartiges; sie sah aus wie etwas Ansteckendes, wie eine, die mit Unheil ansteckte, und dann redete sie immer in langen Sätzen, Sätzen, die Hunderte von Wörtern lang waren, und sie machte keine Pause, um Luft zu holen, und eigentlich sagte sie nichts, da war nur ein seltsames Geräusch in der Luft, ein Ärgernis, das aus ihrer Stimme bestand, und ich mußte meinem Drang, sie mit einem schnellen Schlag zum Schweigen zu bringen, widerstehen. Ich mochte sie nicht, und ich hätte sie mögen sollen, oder zumindest hätte ich ein winziges bißchen Mitgefühl mit ihr haben sollen, weil sie ebenso wie ich einen kaputten Unterleib besaß, doch ich wußte nicht, ob sie ihren ebenso wie ich absichtlich kaputtgemacht hatte oder ob sie damit geboren worden war. Ich mochte sie nicht; wir mochten sie nicht, es war unmöglich, es war eine unmögliche Situation; wir mochten uns selber nicht, wir mochten einander nicht, und so war es unmöglich, die anderen zu mögen; sie hatten etwas Andersartiges an sich, etwas, das anders war als wir; wir waren menschlich, und sie waren nicht menschlich, und alles an ihnen, was anders war als bei uns, ließ uns an ihrer Echtheit zweifeln; sie waren auf eine Weise grausam, auf die wir niemals gekommen waren, sie waren eine der Definitionen von Widersprüchlichkeit: Sie lebten unter Menschen, die sie nicht mochten, sie taten dies nicht mit Gelassenheit, sie taten dies nicht mit einem Glücksgefühl, sie taten es dennoch. Das Anderssein der Frau war nicht besonders anstößig; es war nur so, daß ich sie besser kennenlernte. Sie saß in Wannen mit kaltem Wasser, um ihren heißen Körper abzukühlen, und dann saß sie in Wannen mit heißem Wasser, um ihren kalten Körper zu wärmen. Als ich sie zum ersten Mal sah, stand sie vor einem Spiegel und rieb die kleinen alten Münzen, die ihre Brüste waren, aber so weit ich sehen konnte, lag keine Absicht darin: Ihr Mund war nicht geöffnet, ihre Beine waren nicht leicht gespreizt, ihre Hände fuhren nur mit kreisenden Bewegungen immerzu um ihre Brüste. Ihre Augen waren von einem Blau, das besser zu einer weiten Fläche wie dem Himmel oder dem Meer gepaßt hätte, und sie lagen in einem knochentrockenen Gesicht, sie verrieten einen kleinlichen Charakter. Ich war immer gespannt auf ihr Gesicht, nicht aus Freude daran, sondern aus Neugier, und ich war jedesmal bestürzt, daß ich nichts Neues darin entdeckte: keine Milderung, keine Tränen, kein Bedauern, keine Entschuldigung; sie war eine Dame, ich war eine Frau, und dieser Unterschied war ihr wichtig; er gestattete es ihr zu glauben, daß ich mit ihr nicht das Gewöhnliche, das Alltägliche – eine Bewegung der Gedärme, einen Schrei der Lust – in Verbindung brachte, und ein kleiner Akt der Grausamkeit wurde zu einem Zeremoniell von Kultur geadelt. Und so sagte sie dann: »Da ist eine Frau, die jeden Dienstag an der Ecke King George und Market Street einen Stand hat; sag ihr, daß die Dame, die ... gekauft hat ...« Das war eine treffende Beschreibung für sie, mehr als sie es sich hätte wünschen können, denn es stimmt, daß eine Dame etwas kunstvoll Hergerichtetes ist, eine Ansammlung von Äußerlichkeiten, eine Zusammenstellung von Gesichtszügen und Körperteilen, von Verzerrungen, Lügen und vergeblichen Anstrengungen. Ich war eine Frau, und als die besaß ich eine kurze Definition: zwei Brüste, eine Vagina, ein Unterleib; sie ändert sich nicht, und die Teile sind immer am selben Platz. Sie hätte sich nie auf diese Weise beschrieben, sie wäre vor solch einer Beschreibung zurückgeschreckt, solch eine Beschreibung besteht im Kern aus einem Akt der Selbstinbesitznahme, und zu jener Zeit war mein Selbst das einzige an mir, was mir gehörte. Es war also damals nicht sie, der ich die Frage stellen konnte: Warum hassen Frauen einander? Wir gehörten nicht einmal derselben Gattung an. Und dieses Leben, das sie (und Philip und alle, die aussahen wie sie) bei uns führten, dieses Leben der Behaglichkeit, dieses Leben der Annehmlichkeiten war das Ergebnis eines großen Triumphs, ein Leben, dem offenbar niemand widerstehen kann, die Herrschaft über andere: Es war auch ein Leben des Todes, es war ein anderer Tod als der des Totengräbers Lazarus, ein anderer Tod als mein eigener und dennoch ein Tod, ein lebendiger Tod, denn jede Tat, sei sie gut oder böse, trägt ihren Lohn in sich selbst, sei er gut oder böse; jede Handlung, die du begehst, ist dein Geschenk an dich selbst.

In den Momenten, wenn Philip in mir war, in jenen Momenten, wenn die Lust durch seine Stöße und Rückzüge nachließ und ich nicht die Gefangene der primitivsten und grundlegendsten aller Empfindungen war, jener Sache, die stillschweigend, heimlich und verschämt Sex genannt wird, wandte ich mich innerlich einer anderen Quelle der Lust zu. Er war ein Mann, der das Gegenteil von Philip war: sein Name war Roland.

Sein Mund war wie eine Insel im Meer, das sein Gesicht war; ich bin sicher, er hatte Ohren und Nase und Augen und alles übrige, aber ich konnte nur seinen Mund sehen, von dem ich wußte, daß er all die Dinge konnte, die ein Mund gewöhnlich macht, wie zum Beispiel essen, sich zustimmend oder mißbilligend kräuseln, lächeln, sich nachdenklich verziehen; innendrin waren seine Zähne, und hinter ihnen war seine Zunge. Warum sah ich ihn auf diese Weise, wie war ich dazu gekommen, ihn auf diese Weise zu sehen? Es war mir ein Rätsel, daß er schon so lange lebendig war und ich von seinem Vorhandensein nichts gewußt hatte und es mir einfach gutging – ich ging abends schlafen, und ich konnte morgens aufwachen und den Tag mit Gleichmut begrüßen, wenn es mir paßte, ich konnte mir das Haar kämmen und mich kratzen, und es ging mir immer noch einfach gut –, und er war lebendig und wohnte manchmal in einem Haus neben mir, und manchmal wohnte er in einem Haus weit weg, und sein

Dasein verlief normal und vollkommen und parallel zu meinem, aber ich wußte nichts davon, obwohl er mir manchmal so nahe war, daß mir auffiel, er roch nach einer Fracht, die er ausgeladen hatte; er war ein Schauermann.

Sein Mund sah wirklich wie eine Insel aus, die in einem astbraunen Meer liegt, das sich von Ost nach West erstreckt, und er war am breitesten um die Mitte herum, mit winzigen, scharfen Sprüngen, und er war um eine Schattierung heller als das astbraune Meer, in dem er lag, und die Stelle, wo die beiden Lippen aufeinandertrafen, verlor sich im allerunglaublichsten Rosa, und auch wenn ich seinen Mund sicher tausendmal in meinem hielt, war er jedesmal neu für mich. Er muß mich angelächelt haben, obwohl ich es nicht mehr genau weiß, aber der Gedanke, daß ich jemanden geliebt habe, der mich nicht zuerst angelächelt hat, gefällt mir nicht. Es hatte geregnet, richtig geschüttet, und ich hatte mit ein paar anderen Leuten Schutz unter den Arkaden vor einem Textilgeschäft gesucht. Der Regen war lästig, denn er war nicht nötig; es hatte schon zu viel davon gegeben, und er war nicht mehr nur draußen und trat über die Rinnsteine, sondern auch drinnen, Dächer wurden undicht und stürzten dann ein. Ich stand in den Arkaden und war tief in mich versunken und gab mich mit Lust der Verzweiflung darüber hin, daß ich ich war. Ich trug ein Kleid; ich hatte mir an jenem Morgen das Haar gekämmt; ich hatte mich an jenem Morgen gewaschen. Ich schaute auf nichts Bestimmtes, als ich seinen Mund sah. Er sprach mit jemand anders, aber er sah mich an. Der jemand anders, mit dem er sprach, war eine Frau. Sein Mund sah da nicht wie eine Insel aus, die im Meer ruht, sondern wie ein kleines Stück Erde, von weit oben gesehen, das durch eine Kraft in Bewegung gesetzt wird, die nicht auf Anhieb zu entdecken ist.

Als er sah, daß ich ihn anschaute, öffnete er seinen Mund noch weiter, und das muß das Lächeln gewesen sein. Ich sah, daß er eine große Lücke zwischen seinen beiden Vorderzähnen hatte, was wahrscheinlich bedeutete, daß ihm nicht zu trauen war, aber das war mir egal. Mein Kleid war feucht, meine Schuhe waren naß, mein Haar war naß, meine Haut war kalt, um mich herum standen lauter Menschen in kleinen Pfützen aus Wasser und Schlamm und zitterten, doch ich begann zu schwitzen von einer Anstrengung, von der ich gar nicht merkte, daß ich sie machte; ich begann zu schwitzen, weil mir heiß war, und ich begann zu schwitzen, weil ich mich glücklich fühlte. Ich trug mein Haar damals in zwei Zöpfen, und die Zopfenden reichten bis knapp unter mein Schlüsselbein; die ganze Feuchtigkeit in meinem Haar sammelte sich und lief an meinen Zöpfen hinunter, als wären sie zwei Rinnsteine, und das Wasser sickerte knapp unter dem Schlüsselbein durch mein Kleid und lief weiter die Brust hinunter und hielt erst an der Stelle an, wo meine Brustspitzen den Stoff berührten, und enthüllte, klar wie ein frischer Druck, meine Brustwarzen. Er schaute zu mir und sprach mit jemand anders, und sein Mund wurde breit und eng, klein und groß, und ich wollte, daß er mich bemerkte, aber es war so laut dort: Alle Menschen, die unter den Arkaden standen und sich vor dem starken

Regen schützten, hatten etwas, was sie sagen wollten, etwas, was nicht das Wetter betraf (das war längst über Kommentare hinaus), sondern ihr Leben, ihre Enttäuschungen sehr wahrscheinlich, denn das Glück ist so kurzlebig, daß die Zeit nicht reicht, um bei seinem Vorkommen zu verweilen. Der Lärm, der als ein Summen begann, wurde zu einem lauten Dröhnen, und das laute Dröhnen hatte einen unangenehmen Geschmack von Metall und Essig, doch ich wußte, daß sein Mund ihn beseitigen konnte, wenn ich nur an ihn herankäme; also rief ich laut meinen eigenen Namen, und ich wußte, er hörte mich sofort, doch er sprach einfach weiter mit der Frau, mit der er sich unterhielt, deshalb mußte ich meinen Namen wieder und wieder rufen, bis er aufhörte, und zu dem Zeitpunkt umschloß ihn mein Name schon wie eine Kette, ebenso wie der Anblick seines Mundes mich wie eine Kette umschloß. Und als unsere Augen sich begegneten, lachten wir, weil wir glücklich waren, aber es war bedrohlich, denn jener Blick wollte alles wissen: wer würde wen betrügen, wer wäre der Gefangene, wer wäre der Fänger, wer würde geben, und wer würde nehmen, was würde ich tun. Und als unsere Augen sich begegneten und wir beide zur selben Zeit lachten, sagte ich: »Ich liebe dich, ich liebe dich«, und er sagte: »Ich weiß.« Er sagte es nicht aus Eitelkeit, er sagte es nicht aus Selbstgefälligkeit, er sagte es nur, weil es stimmte.

Sein Name war Roland. Er war kein Held, er besaß nicht einmal Land; er kam von einer Insel, einer kleinen Insel, die zwischen einem Meer und einem Ozean liegt, und eine kleine Insel ist kein Land. Und er besaß keine Geschichte; er war ein kleiner Vorfall in der Geschichte eines anderen, aber er war ein Mann. Ich konnte ihn besser sehen, als er sich selbst sehen konnte, und das lag daran, daß er er war und ich ich war, aber auch daran, daß ich größer war als er. Er war ungehobelt, aber er führte sich auf, als wäre er kostbar. Seine Hände waren groß und breit, und ohne daß ich einen Grund dafür erkennen konnte, spreizte er sie manchmal vor seinem Körper, und sie sahen aus, als wären sie die fehlenden Teile einer mächtigen Maschinerie; seine Beine waren von den Hüften bis zu den Knien gerade, und in den Knien knickten sie in einem Winkel ab, so als wäre er zu lange auf See gewesen oder hätte von Anfang an nie richtig laufen gelernt. Das Haar an seinen Beinen war stark gekräuselt, so als wären die einzelnen Haare Fäden, die zwischen Daumen und Zeigefinger gerollt werden, bevor man zu nähen beginnt, und genauso war das Haar an seinen Armen, das Haar in seinen Achseln und das Haar auf seiner Brust; an diesen Stellen war das Haar schwarz und nicht sehr dicht; das Haar auf seinem Kopf und das Haar zwischen seinen Beinen war ebenfalls schwarz und stark gekräuselt, aber es wuchs so reichlich, daß es mir unmöglich war, mit der Hand hindurchzufahren. Ob er saß oder stand oder ging oder lag, er führte sich auf, als wäre er etwas Kostbares, aber nicht aus Eitelkeit, denn es stimmte, er war etwas Kostbares; doch wenn er auf mir lag, sah er mich an, als wäre ich die einzige Frau auf der Welt, die einzige Frau, die er je so angeschaut hatte – aber das stimmte nicht, das macht ein Mann nur, wenn es nicht stimmt. Als er zum ersten Mal auf mir lag, schämte ich mich so darüber, wieviel Vergnügen ich empfand, daß ich mir heftig auf die Unterlippe biß – doch ich blutete nicht, nicht von dem Biß in meine Lippen, nicht damals. Seine Haut war weich und warm an Stellen, wo ich ihn nicht geküßt hatte; an den Stellen, wo ich ihn geküßt hatte, war seine Haut kalt und rauh, und die Poren waren offen und aufgerichtet.

Wurde die Welt zu einem herrlichen Ort? Die Regenzeit hörte schließlich auf, die sonnige Zeit begann, und es war zu heiß; das Flußbett trocknete aus, in der Flußmündung sank das Wasser, die Hitze wurde schließlich so lästig wie der Regen, und ich hätte sie fortgewünscht, wenn diese andere Empfindung nicht von mir Besitz ergriffen hätte, eine Empfindung, für die ich kein Wort besaß. Ich merkte, wie glücklich ich war, doch es war ein Glück, das ich noch nie vorher erfahren hatte, und mein Glück quoll aus mir heraus und lief eine lange, lange Straße hinunter, und dann hörte die Straße auf, und ich fühlte mich leer und traurig, denn was konnte danach kommen: wie würde es enden?

Nicht alles hat ein Ende, auch wenn der Anfang sich ändert. Als wir das erste Mal miteinander im Bett waren, lagen wir auf einem dünnen Brett, das mit alten Stoffresten überzogen war, und dieser unbedeutende Umstand, ein Zeichen unserer Armut – Menschen in unserer Lage, ein Schauermann und eine Arztgehilfin, konnten sich keine ordentliche Matratze leisten –, trug wesentlich zu meiner Befriedigung bei, denn er verhalf mir dazu, mich stark zu machen und ihm Atemzug um Atemzug gewachsen zu sein. Aber wie kommt es, daß ein Mann, der von frühmorgens bis spätabends große Zuckersäcke und Baumwollballen schleppen kann, sich innerhalb von fünf Minuten in einer Frau verausgabt? Ich hatte damals und ich habe heute keine Antwort darauf. Er küßte mich. Er schlief ein. Ich vergrub mein Gesicht zwischen seinen Beinen; er roch nach Curry und Zwiebeln, denn das war es, was er den ganzen Tag lang ausgeladen hatte; wenn ich bei anderen Gelegenheiten mein Gesicht zwischen seinen Beinen vergrub – ich tat das nämlich häufig, ich tat es sehr gern –, roch er nach Zucker oder Mehl oder nach den großen, billigen Baumwollballen, von denen er manchmal ein paar Meter für ein Kleid für mich stahl.

Wie sieht Alltäglichkeit aus? Wie sieht Normalität aus? Als ich eines Tages zur Regierungsapotheke ging, um verschiedene Dinge abzuholen – eine meiner Aufgaben als Gehilfin eines Mannes, der in mich verliebt war, ohne daß er auch nur im geringsten dagegen ankam, und der es deshalb auch schon lange nicht mehr versuchte, eines Mannes, den ich ignorierte, außer wenn ich wollte, daß er mir zu Gefallen war –, sah ich mich zum ersten Mal Rolands Frau von Angesicht zu Angesicht gegenüber. Sie stand vor mir wie ein Wachposten – streng und würdevoll, und bewachte die edle Idee, wenn nicht sogar das edle Ideal, welches ihr Ehemann war. Sie verstellte nicht die Sonne, sie schien rechts auf mich; links war eine große schwarze Wolke; irgendwo in der Ferne regnete es; es gab keinen Regenbogen am

Horizont. Wir standen auf dem schmalen Streifen Beton, der den Bürgersteig bildete. Ein Stück von einem hölzernen Zaun, der einen Hof vor Passanten abschirmen sollte, war verbogen und zerborsten, und ein paar unachtsame Stöße von Vorübergehenden hätten seine Funktion beendet; in diesem Hof blühte ein Schlüsselblumenbusch sehr unnatürlich, seine Blätter waren zu groß, seine Blüten protzig, und überall wuchs Unkraut, es war in all der Feuchtigkeit gut gediehen. Wir waren nicht allein. Ein Mann ging an uns vorüber, mit einer Machete im Rucksack und einem übel zugerichteten Hund zwei Schritte hinter sich; eine Frau ging vorüber, mit einem großen Korb voller Lebensmitteln auf dem Kopf; ein paar Kinder gingen von der Schule nach Hause, und sie gingen nicht zusammen; ein Mann lehnte aus einem Fenster und spuckte, er schnupfte Tabak. Ich trug ein Paar nicht besonders hochhackige Schuhe, sie waren rot, keine Farbe, die man am hellichten Tag bei der Arbeit trägt, aber genauso fühlte ich mich da, rot vor Leidenschaft, wie jener Hibiskus, der unter dem Fenster des Mannes wuchs, der immer noch Tabak schnupfte und spuckte. Und Rolands Frau nannte mich eine Hure, eine Schlampe, ein Schwein, eine Schlange, eine Viper, eine Ratte, eine Proletin, einen Parasiten und ein übles Weib. Ich konnte sehen, daß ihr Mund diese Wörter in geübter Weise umarmte – armes Ding, sie hatte sie schon oft gesagt. Ich war nicht überrascht. Ich hätte Roland nicht so lieben können, wie ich es tat, wenn er nicht auch andere Frauen geliebt hätte. Und ich war nicht überrascht; ich hatte sofort die Lücke zwischen seinen Zähnen bemerkt. Ich war nicht überrascht, daß sie von mir wußte; ein Mann kann kein Geheimnis wahren, ein Mann will immer, daß alle Frauen, die er kennt, einander kennen.

Ich glaube, ich sagte dies: »Ich liebe Roland; wenn er mit mir zusammen ist, möchte ich, daß er mich liebt; wenn er nicht mit mir zusammen ist, stelle ich mir vor, wie er mich liebt. Ich liebe Sie nicht. Ich liebe Roland.« Das war es, was ich sagen wollte, und das war es, was ich wohl auch sagte. Sie schlug mir ins Gesicht, ihre Hand war breit und dick wie ein Ruder; auch sie war harte Arbeit gewöhnt. Ihre Hand traf mein Gesicht an der Seite: meinen Kiefer, die Haut unter dem Auge und unter dem Kinn, einen kleinen Teil meiner Nase und ein Ohrläppchen. Ich war damals eine junge Frau von etwas über zwanzig, meine Haut war glatt, geschmeidig, die Poren für das bloße Auge unsichtbar. Als ich ihr ins Gesicht sah, ein Gesicht, das so uninteressant für mich war, daß ich keine Lust habe, es zu beschreiben, dachte ich und tat es ohne jede Bitterkeit: Warum ist die Ehe ein so erstrebenswerter Zustand, daß alle Frauen Angst haben, als ledig ertappt zu werden? Und warum haßt mich diese Frau, die mich nie zuvor gesehen hat, der ich nichts versprochen habe, der ich nichts schulde, so sehr? Sie erwartete, daß ich ihren Schlag erwiderte, doch statt dessen sagte ich, wieder ohne jede Bitterkeit: »Ich halte es für unter meiner Würde, mich um einen Mann zu streiten.«

Ich trug ein Kleid aus hellblauem irischen Leinen. Ich konnte mir einen solchen Stoff nicht leisten, weil er aus einem richtigen Land kam, keinem falschen Land wie dem meinen; eine Ladung mit diesem Stoff, in

Blau, in Rosa, in Lindgrün und in Beige, war glaube ich aus Irland gekommen, und Roland hatte mir ein paar Meter von jeder Farbe geschenkt. Ich trug an jenem Tag mein blaues Kleid aus irischem Leinen, und es war wirklich sittsam – ein Faltenrock, der kurz unter den Knien endete, ein Gürtel um die Taille, Ärmel, die am Handgelenk zuzuknöpfen waren, ein hochgeschlossener Halsausschnitt, der das Schlüsselbein bedeckte –, aber unter meinem Kleid trug ich absolut nichts, keine Unterwäsche irgendwelcher Art, nur meine Strümpfe, die Roland aus einer anderen Ladung von Textilien entwendet und mir geschenkt hatte, sie wurden mit zwei Gummibändern gehalten, die ich zu einem Strumpfband zusammengenäht hatte. Meine Äußerung über das, was ich für unter meiner Würde hielt, muß Rolands Frau wütend gemacht haben, denn sie packte mein blaues Kleid am Kragen und zerrte heftig daran, es riß vom Hals bis zur Taille entzwei. Meine Brüste lagen weich auf meinem Oberkörper, wie zwei kleine Stücke nicht aufgegangener Teig, unbewegt vom Zorn dieser Frau; anders als bei der Berührung durch den Mund ihres Mannes, denn er zog mir immer das Kleid aus, indem er zuerst geduldig alle Knöpfe öffnete und dann das Oberteil herunterzog, und dann nahm er eine Brust in den Mund, und sie schwoll zu einem Umfang, der zu groß für seinen Mund war, und er ließ sie los und wandte sich der anderen zu; der Speichel, der auf der Haut dieser Brust verdunstete, machte ein völlig anderes Gefühl als das Gefühl in der Brust, die er im Mund hielt, und ich teilte mich in zwei, weil ich mich nicht entscheiden konnte, welches Gefühl die Oberhand bekommen sollte. Eine ganze Stunde lang küßte er mich auf diese Weise und verausgabte sich dann auf mir in fünf Minuten. Ich liebte ihn so. In der Dunkelheit konnte ich ihn nicht deutlich sehen, nur als Umriß, als kompakten Schatten, wenn ich ihn tagsüber sah, war er vollständig angezogen. Nachdem seine Frau mein Kleid zerrissen hatte, ein Kleid, das aus einem Stoff war, den sie sehr gut kannte, weil sie ein Kleid aus demselben Stoff besaß, erzählte sie mir seine Geschichte: Sie war nicht lang, sie war nicht traurig, niemand starb darin, kein Land wurde verwüstet, kein Geburtsrecht wurde gestohlen; Rolands Frau besaß eine Liste, und sie war voller Namen, aber es waren keine Namen von Ländern.

Welche Farbe hatte ihr Hochzeitstag? Als sie ihn zum ersten Mal sah, war sie da überwältigt von Verlangen? Der Drang zu besitzen lebt in jedem Herz, und manche Menschen entscheiden sich für endlose Ebenen, manche Menschen entscheiden sich für hohe Berge, manche Menschen entscheiden sich für die weite See, und manche Menschen entscheiden sich für Ehemänner; ich entschied mich dafür, mich selber zu besitzen. Ich glich einem Baum, einem hohen Baum mit langen, starken Ästen; ich sah zart aus, aber alle Männer, die ich in meinen Armen gehalten hatte, wußten, daß ich stark war; mein Haar war lang und dick mit natürlichen Locken, und ich trug es in Zöpfen und hochgesteckt, weil es, wenn ich es offen um die Schultern trug, Erregung bei anderen Menschen hervorrief – manche darunter waren Männer, manche darunter Frauen, manchen darunter gefiel es, manchen darunter nicht. Die Art, wie ich ging, hing davon ab, wer mich vermutlich sehen würde und welchen Eindruck ich mit meinem Gang auf ihn machen wollte. Mein Gesicht war wunderschön, ich fand, daß es das war.

Und da stand ich nun vor einer Frau, die sich nicht in der Lage sah, ihre Lebensbeute in ihrem schützenden Sack festzuhalten, einer Frau, deren Stimme jetzt nicht mehr aus ihrer Kehle kam, sondern tief unten aus ihrem Bauch, einer Frau, deren Haß fehlgeleitet war. Ich sah auf unsere Füße hinunter, auf ihre und meine, und ich dachte, ich würde mein kurzes Leben an mir vorüberziehen sehen; statt dessen sah ich, daß ihre Füße ohne Schuhe waren. Sie besaß allerdings ein Paar Schuhe, das ich gesehen hatte; sie waren weiß, sie waren schlicht, vorne rund, mit langweiligen Schnürsenkeln, sie waren leicht zu putzen, sie trug die Schuhe nur sonntags und zur Kirche. Ich besaß viele Schuhe, in Farben, die auffallen und das Auge blenden sollten; sie waren unbequem, ich trug sie jeden Tag, ich ging nie zur Kirche.

Meine Arme streckten sich nach hinten, um Roland zu streicheln, der nackt auf meinem Rücken lag; ich war auch nackt. Ich kannte den Namen seiner Frau, doch ich sagte ihn nicht; er kannte den Namen seiner Frau ebenfalls, doch er sagte ihn nicht. Ich kannte die lange Liste mit Namen nicht, die keine Länder waren und die seine Frau auswendig gelernt hatte. Er selber kannte die lange Liste mit Namen nicht; er hatte diese Liste nicht auswendig gelernt. Das geschah nicht aus Tücke, und es geschah nicht aus Nachlässigkeit. Er war jemand, der so an großen Reichtum gewöhnt war, daß er ihn für selbstverständlich hielt; er besaß kein Sparbuch, er besaß kein Kontoführungsbuch, er besaß ein Vermögen – und trotzdem war er immer noch interessiert daran, mehr zu erwerben. Als ich merkte, daß mein Unterleib sich zusammenkrampfte, ging ich durchs Zimmer, immer noch nackt; kleine Blutstropfen liefen aus mir heraus, ein Beweis dafür, daß ich sein stummes Angebot ablehnte. Und Roland sah mich an, sein Gesicht drückte Verwirrung aus. Warum brachte ich nicht seine Kinder zur Welt? Er spürte immer, wenn ich fruchtbar war, und trotzdem floß jeden Monat das Blut aus mir, und jeden Monat gab ich meiner Zuversicht Ausdruck, daß es unmittelbar bevorstand oder aufhören würde, und jedesmal war ich überglücklich darüber, wie genau meine Vorhersage war. Als ich ihn so sah, mit diesem Ausdruck gemischter Gefühle – Verlegenheit, Verblüffung, Niedergeschlagenheit –, da tat er mir sehr leid, denn sein Leben war auf eine Liste von Namen beschränkt, die keine Länder waren, und auf eine Anzahl von Malen, wo er den Monatsfluß von Blut zum Stoppen gebracht hatte; sein Leben war auf Frauen beschränkt, von denen einige schön waren und Kleider trugen, die aus einem Stoff waren, den er heimlich aus den Bäuchen der Schiffe entwendet hatte, auf denen er als Schauermann arbeitete.

Zu jener Zeit liebte ich ihn über alle Worte hinaus; ich liebte ihn, wenn er vor mir stand, und ich liebte ihn, wenn er nicht in meinem Blickfeld war. Ich war immer noch eine junge Frau. Noch waren an den weichen Teilen meines Körpers keine leichten Druckstellen wie von einem Kinderzeigefinger aufgetaucht; meine Beine waren lang und fest, als seien sie dafür gemacht, mich weite Strecken zu tragen; meine Arme waren lang und stark, als seien sie auf das Tragen schwerer Lasten eingerichtet; ich war in Roland verliebt. Er war ein Mann. Doch wer war er in Wirklichkeit? Er fuhr nicht zur See, er überquerte keine Ozeane, er arbeitete nur tief unten in den Schiffen, die das gemacht hatten; keine Berge waren nach ihm benannt, keine Täler, kein nichts. Und dennoch war er ein Mann, und er wollte etwas, was mehr als die normale Befriedigung war – mehr als nur eine Frau, eine Liebe und ein Zimmer mit Wänden aus Lehm und einem Dach aus Zuckerrohrblättern, mehr als das kleine Stück Land, auf dem jahrein, jahraus dieselben Bäume dieselben Früchte trugen –, denn all dies würde schließlich im Tod enden, und obwohl ihn keine bis dahin aufgeschriebene Geschichte erfaßt hatte, obwohl er die kleinen Aufstände in seinem Innern nicht verstehen konnte, obwohl er die kleinen Aufstände in seinem Innern leugnete, kam manchmal eine seltsame Ruhe über ihn, eine kalte Reglosigkeit, und da er keine Worte dafür finden konnte, war er für Augenblicke blind vor Scham.

Eines Abends saßen Roland und ich auf den Stufen der Mole, mit dem Rücken zu der kleinen Welt, aus der wir kamen, der Welt scharfer, gefährlicher Straßenkurven, der Welt steiler junger Berge vulkanischen Ursprungs, die von so bescheidenem Grün bedeckt waren, daß niemand sich je nach ihnen gesehnt hatte, der Welt von 365 kleinen Wasserläufen, die nie zusammentrafen, um ein gewaltiges Rauschen zu erzeugen, der Welt der Wolken, die nichts als große Gefäße waren und endlose Tage mit Wasser bargen, der Welt von Menschen, die niemals für Menschen gehalten worden waren; wir sahen in die Nacht hinaus, ihre Schwärze kam nicht überraschend, ein Mond aus totem weißen Licht wanderte über die Fläche eines glitzernden schwarzen Himmels; ich trug ein Kleid aus einem weiteren Stoff, den er mir geschenkt hatte, einem weiteren Stoff, der aus dem Bauch eines Schiffes entwendet worden war, und in dem Rock gab es eine falsche Tasche, eine Tasche, die keinen Boden hatte, und Roland fuhr mit seiner Hand in die Tasche und langte bis ganz nach unten, um mich innen zu berühren; ich sah in sein Gesicht, ich konnte seinen Mund sehen, und er breitete sich über seinem Gesicht wie eine Insel aus, und wie eine Insel barg er auch Geheimnisse und war gefährlich und konnte Dinge im ganzen verschlucken, die größer waren als er; ich schaute hinaus auf den Horizont, den ich nicht sehen konnte, von dem ich aber trotzdem wußte, daß er da war, und das galt auch für das Ende meiner Liebe zu Roland.

Die Haut meines Vaters hatte die Farben der Korruption: Kupfer, Gold, Erz; seine Augen waren grau, sein Haar war rot, seine Nase war lang und schmal; sein Vater war ein Mann aus Schottland, seine Mutter kam aus dem afrikanischen Volk, und diese Unterscheidung zwischen »Mann« und »Volk« war eine wichtige Unterscheidung, denn die eine entstieg dem Schiff als Teil einer Horde, vorweg schon verteufelt, ohne Erinnerung an irgend etwas außer menschlichem Leiden, alle mit Gesichtern, die eines wie das andere aussahen; der andere entstieg dem Schiff aus freiem Willen, in der Absicht, ein Schicksal zu vollziehen, eine Vorstellung von sich selbst, die er im Herzen trug. Es war eine rechtmäßige Vereinigung, und sie fand statt in der Methodistenkirche des Dorfes All Saints in der Gemeinde von St. Paul, Antigua, an einem Sonntagnachmittag im späten neunzehnten Jahrhundert. Er hieß John Richardson, und sie hieß Mary; ich weiß nicht, ob Ehen damals mit dem Wort »Glück« verbunden waren. Sie hatten zwei Kinder, zwei Jungen, die Alfred und Albert hießen; Alfred wurde mein Vater. Was mein Vater von seinen Eltern hielt, weiß ich nicht. Ich weiß nicht, ob seine Mutter schön war; es gab kein Bild von ihr, und mein Vater sprach nie in dieser Weise von ihr. Ich weiß nicht, ob sein Vater gut aussah; es gab kein Bild von ihm, und mein Vater sprach nie in dieser Weise von ihm. Seine Mutter wurde wahrscheinlich nicht als Sklavin geboren, aber ihre Eltern waren mit großer Sicherheit versklavte Menschen; und so war denn sein Vater wohl auch kein Sklavenbesitzer, aber dessen Eltern waren es vielleicht. Wie diese zwei Menschen sich damals begegneten und ineinander verliebten, weiß ich nicht; ob sie sich überhaupt ineinander verliebten, weiß ich nicht, aber ich schließe es nicht aus. Ebensowenig wie jede andere Kombination von Gefühlen. Dieser Mann, John Richardson, war ein Rumhändler, und er lebte überall auf den englischen Westindischen Inseln, am längsten auf Anguilla, bevor er sich mit seiner Frau Mary auf Antigua niederließ; an den Orten, wo er gelebt hatte, hinterließ er viele Kinder mit vielen verschiedenen Frauen, und es waren lauter Jungen, und sie konnten sehen, daß sie John Richardsons Söhne waren, weil sie alle dasselbe rote Haar hatten, Haar, das so einzigartig war, daß sie alle stolz darauf waren, auf das Haar von John Richardson. Das wußte ich, weil mein Vater den Leuten gern erzählte, daß er der Sohn dieses Mannes war, und er beschrieb seinen Vater dann auf diese Weise, als einen Mann, der an diesem und an jenem Ort gelebt und Kinder gehabt hatte, allesamt Jungen mit rotem Haar, und daß er, wann immer er einen Mann mit rotem Haar sah, wußte, daß dieser Mann mit ihm verwandt war, und er sagte all das immer mit Stolz und Vergnügen und nicht mit Ironie oder Bitterkeit oder Trauer über die Kette von Elend, die dieser Trunkenbold aus Schottland in seinem Gefolge hinterlassen hatte.

Ich hatte kein rotes Haar, ich war kein Mann.

Seine Mutter blieb ohne klare Konturen für ihn, obwohl sie sicher seine Sachen geflickt, sein Essen gekocht, seine Schuljungenverletzungen versorgt, ihn in seinem Ehrgeiz ermuntert, seine gekränkte Miene geglättet hat; ich hätte mir gewünscht, daß meine Mutter all diese Dinge für mich gemacht hätte, wenn ich nur eine gehabt hätte. John Richardson ging schließlich in einer Sturmbö auf See verloren, was praktisch war, denn ich wäre nicht überrascht, wenn ich erführe, daß er heimlich nach Schottland zurückkehrte und weitere Kinder zeugte, allesamt Jungen mit rotem Haar von anderer Beschaffenheit. Mary starb nicht viel später an irgendwas, vielleicht an gebrochenem Herzen, vielleicht auch nicht. Mein Vater nahm nicht an ihrer Beerdigung teil, er war zu der Zeit Polizist in St. Kitts und schon dabei, sich seine eigene kleine Dynastie rothaariger Jungen zu errichten; er heiratete noch nicht. Er war groß, und er galt, nach einem Maßstab, der nicht meiner war, auch als sehr gutaussehend; alles was er anzog, stand ihm; er sah sehr gut aus in seiner Uniform, er sah sehr gut aus in dem Leinenanzug, den er sonntags zur Kirche trug; er war ein eitler Mann, so eitel, daß er sich dazu erzogen hatte, in der Öffentlichkeit nicht verstohlen sein Spiegelbild zu betrachten, ich glaube, er verbrachte viel Zeit hinter verschlossener Tür und übte verschiedene Posen, die er dann in der Öffentlichkeit einnahm, während er seine Familie glauben machte, daß er eine Lektion für die Sonntagsschule vorbereitete; er war ein ehrgeiziger Mann, er erledigte die Dinge gern ordentlich, und er hatte es nicht gern, wenn man seinen Einsatz nicht zur Kenntnis nahm. Er trug nie Geld in der Tasche, er umgab sich nie wirklich mit Geld, aber das war dasselbe wie in der Öffentlichkeit nicht verstohlen sein Spiegelbild zu betrachten, wozu er sich erzogen hatte: Wäre er mit Geld gesehen worden, so hätte das verraten, wie sehr er es liebte, und er liebte einen Viertelpenny mehr, als er einen Penny liebte, und er liebte einen Penny mehr, als er einen Schilling liebte, und er liebte einen Schilling mehr, als er ein Pfund liebte, und das wird nur jemandem verrückt vorkommen, der Geld und Liebe nicht versteht, jemandem wie mir; doch mein Vater, der nicht die Liebe verstand, die einen Menschen meinte, nur die Liebe, bei der es um Geld ging, verstand, daß es die kleinen Teilstücke einer Sache sind, in denen ihre wahre Schönheit liegt. Er wußte, daß ein Pfund 960 Viertelpennies hat und daß 960 Viertelpennies, die verstreut auf dem Boden eines leeren Zimmers liegen, etwas Magisches haben, etwas Verzauberndes, und, von der richtigen Person betrachtet, den Grundstock bilden, auf dem Welten erbaut werden. Er war besonders zu Kindern grausam und zu Menschen in niedrigeren Positionen als er selbst; er war kein Feigling, er verspürte nur einfach nie richtige Wut auf jemanden, der mächtiger war als er. Er schien sein Leben, sich selber, alles in seiner Umgebung mit Humor zu betrachten; er trug in der Öffentlichkeit stets ein Lächeln auf den Lippen, doch es war nach innen gerichtet, nicht nach außen; dieses Lächeln diente auch noch einem anderen Zweck, und vielleicht hatte er den nicht beabsichtigt: Menschen, die nicht so mächtig waren wie er, näherten sich ihm deshalb nur zögernd, und Menschen, die mächtiger waren als er, näherten sich ihm deshalb ohne Bedenken; das Lächeln war allerdings auch eine Verkleidung, etwas, was er in der Öffentlichkeit aufsetzte, mit derselben Entschiedenheit, mit der er sein eigenes Spiegelbild nicht betrachtete; wenn er ein Lächeln aufsetzte, dann, um alles zu verbergen, was er über seine Mitmenschen dachte, und alles, was er über sie dachte, war nicht gut. Ich habe meinen Vater nie gemocht; vielleicht liebte ich ihn, aber das konnte ich mir nicht eingestehen. Ich mochte ihn nicht. In meinem Vater begegneten sich der Mann aus Schottland und das afrikanische Volk; ich weiß nicht, was er davon hielt; ich weiß nicht, ob das etwas war, worüber er nachdachte, wenn er in einem Zimmer seines Hauses saß, einem Zimmer mit Blick aufs Meer, dem schwarzen Dominica-Meer, einem Meer, das ein Grab war, und die Geschichte meines Vaters, die aus Männern und aus Volk gemacht war, lag darin eingeschlossen. Dieser Zustand hätte ihn lähmen können, denn woher kam er, von Männern oder vom Volk? Seine Haut, die die Farbe der Korruption hatte: Gold, Kupfer, Erz (obwohl ich sie, wenn ich ihn geliebt, Sympathie für ihn gehabt hätte, als die Farbe des Brotes beschrieben hätte, den Stoff des Lebens), ließ ihn eher wie den Sieger (den Mann aus Schottland) aussehen und weniger wie den Besiegten (das afrikanische Volk), doch das war kein Grund, den einen dem anderen vorzuziehen. Mein Vater lehnte die Kompliziertheiten der Besiegten ab; er zog die Kompliziertheiten des Siegers vor. Hätte er hingesehen, dann hätte er in den Besiegten die Leere gespürt, der alle menschlichen Wesen tagtäglich ausgesetzt sind, eine Leere, die sie auszufüllen hoffen, was ihnen manchmal gelingt, meistens aber dann doch nicht; und diese Menschen, dieses afrikanische Volk, in dem er zur Hälfte sich selbst hätte entdecken können – auch sie spürten, da sie menschliche Wesen waren, die Leere, und sie versuchten vielleicht, sie mit gewöhnlichen Dingen auszufüllen; mit Zeit, die in Jahre, Monate, Tage eingeteilt ist, oder mit etwas dergleichen. Auch sie machten vielleicht aus dem Normalen einen Fetisch: aus der äußeren Haut des Penis, dem dünnen Häutchen am Eingang der Vagina; auch sie machten vielleicht Dinge, Werkzeuge aus unterschiedlichen Materialien, in unterschiedlichen Formen, zu unterschiedlichen Zwecken; auch sie beobachteten vielleicht bestimmte gewaltsame Vorgänge in der Natur – die Erde, die aufreißt, Meere, wo einst Land war, Dunkelheit, wo einst Licht war –, und sie lasen vielleicht aus diesen Vorgängen gewisse Verheißungen heraus, Lebensweisen, Rituale und eine Art Besonderheit, denn sie waren verschont worden; und auch sie besaßen vielleicht Mythen über den Ursprung und Mythen über das Ende. Die Leere ist das Chaos, aus dem sie sich selbst gerettet hatten und dem sie eine Ordnung für ihr Leben abgerungen hatten, von dort nach dort und wieder zurück, und genau auf diese Weise. Und es war dieses Leben, aus dem jenes Volk herausgerissen worden war, von dem Schotten-Mann oder von irgendeinem anderen Bindestrich-Mann, der nicht einfach als Mann existieren kann, sondern nur mit einem Bindestrich.

Draußen, jenseits meines Vaters, jenseits der Insel, auf der er geboren war, jenseits der Insel, auf der er jetzt sein Leben lebte, draußen nahm die Welt ihren

Lauf, jedes Ereignis war groß und eine Probe auf die Zukunft, jedes Ereignis war groß und eine Wiederholung der Vergangenheit; doch drinnen, innen in meinem Vater (und auch innen auf der Insel, auf der er geboren war, und innen auf der Insel, auf der er jetzt lebte), nahm ein Ereignis, das hundert Jahre früher geschehen war, die Begegnung von Mann und Volk, weiterhin einen so feinsinnigen Verlauf, daß es zum wahren Ausdruck seiner Persönlichkeit wurde, es wurde das, was er wirklich war; und mit der Zeit verachtete er alle, die sich wie das afrikanische Volk verhielten: nicht alle, die so aussahen, sondern nur alle, die sich so verhielten, alle, die besiegt, verloren, erobert, arm, krank waren, die den Kopf gesenkt hielten und deren Verstand betäubt war von Grausamkeit. Und er glaubte, er wäre er selbst, als eines Tages ein Mann namens Lazarus, ein Totengräber, zu ihm kam und ihn um ein paar Nägel bat, mit denen er das Dach seines Hauses reparieren wollte; sein Haus war ein zerbrechliches kleines Bauwerk aus rot und gelb bemalter Kiefer gewesen, und es war zwei Jahre vorher in einem Hurrikan zerstört worden; mein Vater war zu dieser Zeit der höchste Regierungsbeamte in Mahaut, die Kolonialregierung hatte ihm verschiedene Dinge überlassen, die er umsonst an solche Menschen verteilen sollte, die sie nach einer Katastrophe am dringendsten benötigten; für den Fall von Hurrikanen hatte man ihm Baumaterial von nicht besonders guter Qualität überlassen. Mein Vater verteilte einige dieser Dinge auf korrekte Weise und gab sie Menschen in Not, doch nur eben so viel, daß kein Skandal entstand; den Rest verkaufte er, und je weniger die Menschen zu zahlen vermochten, um so dringender benötigten sie die Sachen und um so teurer machte er sie. Lazarus war solch ein Mensch, er konnte weniger zahlen und benötigte sie dringender; auch in ihm hatte sich das Ereignis der Begegnung des afrikanischen Volks mit dem Bindestrich-Mann so feinsinnig entwickelt, daß, wie auch immer er sich ausdrückte, alles immer nur hieran erinnerte: Ein fröhliches Lied hätte bei ihm von der Idee der Freiheit gehandelt, nicht von einem Tag, den man in planloser Vergnügtheit im Sand am Meer verbringt. Als Lazarus nun also meinen Vater um die Nägel bat, mit denen er das Dach seines Hauses fertigstellen wollte, da war der Kampf zwischen dem Bindestrich-Mann und der Horde in meinem Vater längst entschieden, der Bindestrich-Mann hatte wie immer triumphiert, und mein Vater sagte zu Lazarus, er habe keine Nägel mehr. Ich war damals zehn Jahre alt; ich kannte meine Mutter nicht, sie war in dem Augenblick gestorben, als ich aus ihr herauskam, ich kannte nur meinen Vater. Ich verstand ihn nicht; ich fand es herrlich, ihn aus kurzer Entfernung anzuschauen, wenn er nicht bemerkte, daß ich ihn anschaute, und sein Haar in der Sonne glänzte; ich fand es herrlich, ihn anzuschauen, wenn er seine Uniform aus marineblauer Sergehose und einer weißen Baumwolljacke mit goldenen Knöpfen trug, die Uniform, die er bei der Parade zur Geburtstagsfeier des englischen Königs trug. Doch in jenem Augenblick, als er vor Lazarus die Nägel verleugnete, begann er wirklich zu werden, nicht nur einfach mein Vater, sondern der, der er wohl wirklich war. Ich wußte, daß er in einem Schuppen hinter dem Haus ein großes Faß mit Nägeln und noch andere Sachen aufbewahrte, und weil ich dachte, daß er das vielleicht vollständig vergessen hatte, erinnerte ich ihn in aller Unschuld daran; ich erzählte ihm von dem Faß mit Nägeln, ich erzählte ihm, wo genau das Faß stand, wie das Faß aussah, wie die Nägel aussahen, wie die Nägel, die einer über dem anderen – starr und glänzend – in dem Faß lagen, aussahen. Er leugnete von neuem, daß er noch irgendwelche Nägel hatte. Der Klang seiner Stimme war nicht neu, es war nur so, daß ich meinen Vater zum ersten Mal hörte. Nichts in mir zerbrach dadurch, nichts außerhalb von mir zerbrach dadurch, es kam nicht plötzlich, es kam nicht unerwartet, obwohl ich es auch nicht erwartet hatte – es war natürlich, eine allgemein anerkannte Tatsache, so wie die unterschiedlichen Höhen, die man im Gebirge findet, oder wie das Blau des Himmels oder wie der Mond. Dies war mein Vater, der Mann, den ich schon lange kannte, nur war da jetzt mehr.

Nachdem Lazarus fort war, ohne die Nägel, für die er gekommen war, ohne die Nägel, die er benötigte, packte mich mein Vater am Kragen des Kleids, das ich trug, und zerrte mich durch das Haus zu dem Schuppen, wo er das Faß mit Nägeln aufbewahrte, und er stieß mein Gesicht in das Faß mit Nägeln und sagte gleichzeitig in französischem Patois: »Jetzt weißt du, wo die Nägel sind, jetzt weißt du endgültig, wo die Nägel sind.« Er benutzte französisches oder englisches Patois nur mit seiner Familie oder mit Leuten, die ihn aus seiner Jugend kannten, und ich verband das Patois mit seinem wirklichen Selbst, und deshalb wußte ich, daß dieser Schmerz, den er mir beibrachte, als er mich in einem Faß mit Nägeln ersticken wollte, einem echten Gefühl von ihm entsprach. Er versetzte meinem Kopf einen letzten Stoß, und dann verließ er mich rasch. Er zog sich in das Zimmer zurück, das auf das Meer hinausging, das Zimmer, das keine richtige Funktion hatte, so selten wurde es benutzt; das Meer war ruhig, und während er hinausschaute, entfernte er Ohrenschmalz aus seinem Ohr und aß es auf.

Und worüber hatte mein Vater wohl nachgedacht, als er in diesem Zimmer saß, als er auf einem Stuhl saß, der die Kopie eines Stuhls auf einem Bild vom Wohnzimmer irgendeines fürchterlichen Engländers war, einem Stuhl, der von den Händen eines Menschen kopiert worden war, den er mit Sicherheit übervorteilt hatte? Worüber hatte er wohl nachgedacht, als er auf jenes Meer hinausschaute, dessen Oberfläche manchmal aufwallte, dessen Oberfläche manchmal ruhte? Ein menschliches Wesen, ein Mensch, viele Leute, ein Volk, sie würden sagen, daß ihre Umgebung, ihre physische Umgebung ihr Bewußtsein, ihr eigentliches Wesen prägt; sie stehen jeden Morgen auf und schauen auf grüne Hügel, weiße Klippen, silberne Berge, Felder mit goldenem Korn, Flüsse mit blauglitzerndem Wasser, und mit der Schönheit dieser Dinge – und all das ist tatsächlich schön, sie müssen es einfach schön finden – überwinden sie auf unsichtbare, magische Weise die Entfernung zwischen sich und der Schönheit, die sie wahrnehmen, und sie spüren, wie sie mit ihr eins werden, sie ziehen Stärke aus ihr, sie werden von ihr zum Singen, zum Verseschmieden inspiriert; sie erfinden sich selbst und erfinden sich noch einmal, und sie werden (von neuem) inspiriert, aber diesmal zu kleinen Aktionen, kleinen Taten und schließlich zu großen Aktionen, großen Taten, und jeder Erfolg bestätigt die ursprüngliche Idee, das ursprüngliche Gefühl, die Begegnung von Mensch und Ort, du und der Ort, von dem du herkommst, ihr seid einander nicht zufällig begegnet; es ist etwas, das über Schicksal hinausgeht, es ist etwas, das so sehr so beabsichtigt ist, daß es sich den Worten entzieht. Für meinen Vater barg das Meer, das weite, schöne Meer, dieses manchmal schimmernde Tuch aus Blau, dieses manchmal schimmernde Tuch aus Schwarz, dieses manchmal schimmernde Tuch aus Grau, keinen solchen Reichtum an Inspiration, es barg keinen solchen Überfluß an Tröstung, barg keinerlei irgendwie geartetes Gutes; seine Schönheit war an ihn verschwendet, leer; es anschauen, es sehen hieß, an die Verzweiflung des Siegers und gleichzeitig an die Verzweiflung des Besiegten erinnert werden; denn die Hohlheit von Eroberungen entgeht dem Eroberer nicht, sieht sich solch ein Mensch doch dem endlosen Verlangen nach mehr und mehr und mehr ausgesetzt, bis nur noch der Tod dieses Verlangen zum Schweigen bringt; und der unerschöpfliche Brunnen von Schmerz und Elend, der sich über den Eroberten ergießt – keine Rache der Welt kann das Begehen einer großen Ungerechtigkeit ausgleichen oder tilgen. Und da in meinem Vater zugleich der Sieger und der Besiegte, der Verbrecher und das Opfer lebten, wählte er, kaum überraschend, den Mantel des ersteren, immer des ersteren; das soll nicht heißen, daß er mit sich selbst im Krieg lag; es soll nur heißen, daß er sich als typisch menschlich erwies, denn wer von uns außer den Heiligen würde es nicht vorziehen, zu den Menschen mit erhobenem Kopf zu gehören, nicht zu denen mit gesenktem Kopf, und selbst die Heiligen wissen, daß sie am Ende aller Enden zu denen mit erhobenem Kopf gehören werden.

Die Gefühllosen, die Zynischen, die Ungläubigen werden – vielleicht in einem Moment der Schwerelosigkeit, vielleicht in dem Moment, da sie die Welt in einem blendenden Blitz untergehen und nicht wieder auferstehen sehen – sagen, das Leben sei ein Spiel: ein Spiel, das der Bessere gewinnt, ein Spiel, das der Schlechtere verliert: ein Spiel, bei dem man alles bekommt, wenn man gewinnt, und bei dem man nichts bekommt, wenn man verliert, oder eine Reise nach Jerusalem, und wenn die Musik aufhört, bleibt der Gewinner für immer sitzen und macht dem Verlierer niemals Platz, so daß dieser für immer zum Stehen verurteilt ist. Es ist natürlich klar, daß man, wenn man zu den Gefühllosen, den Zynischen, den Ungläubigen gehört, zu den Gewinnern gehört, denn die, die einmal verloren haben, hat ihr Verlust nie abgehärtet; sie fühlen ihn tief, für immer, bis in die Ewigkeit. Niemand, der verloren hat, wagt es, menschliche Güte zu bezweifeln, wirklich zu bezweifeln; für den, der verloren hat, ist der letzte Atemzug ein Seufzer: »O Gott.« Immer.

Es war nicht ohne Verständnis, es war nicht ohne Mitleid, daß ich meinen Vater beobachtete. Als mein

Vater noch ein Junge war – eine Vorstellung, eine Wirklichkeit, die ich manchmal schwer fassen konnte: er als jemand, der weich war, der Tröstung brauchte bei wütenden Fieberanfällen, zerschundenen Knien und Ellbogen, der Zuspruch brauchte, wenn sein starker Knabenwille schwankte und schwach wurde, der noch anderen Zuspruch brauchte: die Sonne wird wieder aufgehen, die Flut wird wieder sinken, die Erde dreht sich und läßt sich nicht anhalten. Ich konnte nur blind an diese Wirklichkeit glauben, denn dieser Zustand war zwar sicher nicht ungewöhnlich, aber er hatte seine richtige Haut vollständig mit einer weiteren Haut überzogen, einer Haut, die fürs Auge unsichtbar war, aber trotzdem genau so wirklich wie der Schutzpanzer einer Schildkröte oder der Schild eines Kriegers –, als mein Vater noch ein Junge war, schenkte ihm eine Nachbarin seiner Mutter und seines Vaters ein Ei. Es war ein Vielen-Dank-Geschenk von dieser Frau, weil mein Vater sehr nett zu ihr gewesen war – sie war alt und lebte allein, und er erledigte manchmal Besorgungen für sie, ohne daß sie ihn darum bat oder daß er je einen Dank erwartete –, und als sie ihm das Ei schenkte – sie besaß drei Hühner, einen Hahn und ein Schwein, sie lebten in ihrem Hof neben dem Plumpsklo, das Geflügel schlief in einem Baum, der es überschattete –, war er überrascht, er hatte nie irgendeinen Dank erwartet, und er nahm dieses Ei – es war braun mit dunkelbraunen Tupfern – und machte daraus kein Omelett oder sonst irgendein Gericht, sondern legte es, zusammen mit ein paar anderen Eiern, zum Bebrüten unter eine Henne, eine andere Henne, die seiner Mutter gehörte, und als alle geschlüpft waren, verlangte er eines der Küken für sich. Dieses Küken wurde eine Henne und legte Eier, und diese Eier wurden ausgebrütet und zu Hühnern, und diese Hühner legten Eier und so weiter, ein unendlicher Kreislauf, der nur durch den Verkauf einiger Eier und einiger Hühner unterbrochen wurde und durch die Viertelpennies, die halben Pennies und die Pennies, die sie als Gegenwert und als Gewinn erbrachten. Danach aß er nie wieder Eier (wenigstens nicht, solange ich ihn kannte); er aß nie wieder Hühner (wenigstens nicht, solange ich ihn kannte), sondern sammelte nur das leuchtendrote Kupfergeld und polierte es, bis es glänzte, und gab es seiner Mutter, die es in eine alte Socke tat und Tag und Nacht an ihrem Busen trug. Als sein Vater sich für einen Besuch in Schottland auf jene Reise machte, die angeblich mit seinem Ertrinken auf See endete, übergab mein Vater seinem Vater den Gewinn, der mit dem ursprünglichen Ei, einem Geschenk, begonnen hatte; es war zu einer ungeheuren Summe angewachsen, so reichlich, daß sich damit Stoff kaufen ließ, englischer Stoff, für einen Anzug, der nur für sonntags sein sollte. Doch mein Vater sah seinen Vater nie wieder, mein Vater sah seinen Gewinn nie wieder, und möglicherweise hat er den Rest seines Lebens damit verbracht, diesen ersten Anzug wiederzufinden und überzuziehen, in dem er sich immer und immer wieder vorgestellt hatte – obwohl ich glaube, daß er nicht wußte, daß er das tat –, und sein ganzes Leben war möglicherweise eine Abfolge von Belohnungen, die er nie genießen konnte, obwohl er es nicht so gesehen hätte.

»Es war ein wunderschöner Tag, ein Tag so schön, daß er sich mir für immer ins Gedächtnis geprägt hat«, sagte mein Vater jedesmal zu mir, wenn er von dem Tag erzählte, als sein Vater an Bord des Schiffes ging, das nach Schottland segelte; es erreichte nie sein Ziel, und so endete dieses Bild, das mit Sonnenschein begann, in der Schwärze kalten Wassers, und das Gesicht meines Vaters, das innerste Wesen meines Vaters, war die Leinwand, auf die es gemalt war. Ich war ein kleines Mädchen von acht Jahren, als er mir zum ersten Mal von diesem wichtigen Ereignis in seinem Leben erzählte, genauso alt wie er, als er erfuhr, daß er seinen Vater nie wiedersehen würde. Ich war körperlich nicht sehr robust, meine Stimme war schwach, ich war weiblich, ich redete nur in Englisch mit ihm, in anständigem Englisch. Er saß in einem Sessel aus Holz, das es in Indien gibt, und die Lehnen dieses Sessels endeten ebenfalls als geschlossene Klauen von einem Tier, dessen Namen ich nicht wußte, und genauso war es mit den zwei Vorderbeinen, und ich saß vor ihm auf dem Fußboden, der am Tag vorher gebohnert worden war, und hielt den Rock des weißen Popelinekleids, das ich trug, ganz fest, und auch der Popeline kam von irgendwoher, weit weg von hier, das Zimmer, in dem wir saßen, war das Zimmer, das keine bestimmte Funktion hatte. Während er von jenem letzten Mal sprach, als er seinen Vater gesehen hatte, wurde sein Gesicht zu einer Abfolge von geometrischen Anspielungen, von regelmäßigen und unregelmäßigen Linien, von spitzen und weiten Winkeln, die hohlen Stellen unter seinen Wangen wurden voll und rund; er sah aus wie der Junge, der er gewesen war, oder ganz gewiß wie der Junge, der er glaubte, gewesen zu sein, und seine Stimme wurde geschmeidig und weich, ganz golden, so als spräche er von jemand anderem, nicht sich selber, von jemandem, den er einmal gut gekannt hatte, nicht sich selber, und sehr geliebt hatte, aber nicht sich selber. Sein Vater war auf einem Schiff gesegelt, das *John Hawkins* hieß, doch es war nicht der Name dieses berüchtigten Verbrechers, der das Gesicht meines Vaters verdüsterte, es besudelt, kriminell aussehen ließ, das war es nicht, was das Licht in seinen Kleinjungenaugen erlöschen ließ.

Sagte mein Vater je zu sich selbst: »Wer bin ich, wer bin ich?«, nicht als Schrei aus einem dunklen Loch der Verzweiflung, sondern als Ausdruck davon, daß ihn von Zeit zu Zeit die unschuldige Neugier der Narren befiel? Ich weiß es nicht; ich kann es nicht wissen. Kannte er sich selbst? Wenn die Antwort ja lautet oder wenn die Antwort ja, aber nicht vollständig, lautet, oder wenn die Antwort ja, aber nur in äußerst beschränktem Maß, lautet, dann muß er heimliche Freuden von genau dem Umfang genossen haben, in dem er sich selbst kannte; doch ich weiß es nicht, ich weiß die Antwort nicht. Ich weiß nicht, wer mein Vater war, er war mein Vater, aber ich weiß nicht, wer er war; alles, was ich über ihn sage, ist nur meine Beobachtung, nur meine Meinung, und sicher ist das für alle Kinder ein Anlaß für Scham – für mich war es das –, daß ich von diesem Menschen, der eine der zwei Quellen meines Daseins war, nichts wußte, er war mir nicht ein Rätsel, ich wußte nur einfach nichts von ihm.

Als mein Vater anfangs mit seiner Hand über die Haut meiner Mutter fuhr – die Haut in ihrem Gesicht, die Haut an ihren Beinen, die Haut zwischen ihren Beinen, die Haut an ihren Armen, die Haut unter ihren Armen, die Haut auf ihrem Rücken, die Haut am Ende ihres Rückens, die Haut auf ihren Brüsten, die Haut unter ihren Brüsten –, wird er ihre Beschaffenheit nicht mit Satin oder Seide verglichen haben, auch wenn ihr eine außerordentliche Köstlichkeit und Schönheit zugeschrieben wurde; die Farbe ihrer Haut – braun, vom dunklen Orange eines verlöschenden Sonnenuntergangs – war nicht das Ergebnis einer verhängnisvollen Begegnung von Eroberer und Besiegter, von Bedauern und Verzweiflung, Eitelkeit und Demütigung; sie war nur sie selbst, eine ungetrübte Tatsache: Meine Mutter kam aus dem karibischen Volk. Er wird nicht gefragt haben: Wer ist das karibische Volk? oder, präziser: Wer *war* das karibische Volk?, denn es gab diese Menschen nicht mehr, sie waren ausgelöscht, ein paar Hundert von ihnen lebten noch, meine Mutter war eine von ihnen, sie waren die letzten Überlebenden. Sie waren wie lebende Fossilien, sie gehörten in ein Museum, in eine Glasvitrine eingeschlossen und auf ein Regal. Daß dieses Volk, das Volk meiner Mutter, in heikler Balance an der Kante zur Ewigkeit lebte und darauf wartete, vom großen Abgrund des Nichts verschlungen zu werden, stand außer Zweifel, doch das Bitterste daran war, daß sie ohne eigenes Verschulden verloren hatten, und zwar auf die furchtbarste Weise verloren; sie hatten nicht nur das Recht verloren, sie selbst zu sein, sie hatten sich selbst verloren. Das war meine Mutter. Sie war groß (erzählte man mir – ich kannte sie nicht, sie starb in dem Augenblick, als ich geboren wurde); ihr Haar war schwarz, ihre Finger waren lang, ihre Beine waren lang, ihre Füße waren lang und schmal mit einem hohen Spann, ihr Gesicht war mager und knochig, ihr Kinn war schmal, ihre Wangenknochen waren hoch und breit, ihre Lippen waren dünn und breit, ihr Körper war dünn und lang; sie hatte einen Gang von natürlicher Anmut, sie sprach nicht viel. Vielleicht sagte sie nie etwas, was sehr bedeutend war, niemand hat mir je so etwas berichtet; ich weiß nicht, welche Sprache sie benutzte; wenn sie je zu meinem Vater gesagt hat, daß sie ihn liebte, dann weiß ich nicht, in welcher Sprache sie so etwas gesagt haben wird. Ich weiß nichts von ihr; sie starb in dem Augenblick, als ich geboren wurde. Ich sah nie ihr Gesicht, und selbst wenn sie mir im Traum erschien, sah ich es nicht, ich sah nur von hinten ihre Füße, die herunterstiegen, und wachte immer auf, bevor ich sie wieder hochgehen sah.

Als meine Mutter geboren wurde (so erzählte man mir), wickelte ihre Mutter sie in saubere Tücher und legte sie draußen vor ein Gebäude, in dem einige Nonnen aus Frankreich lebten; diese zogen sie auf, tauften sie als Christin und verlangten, daß sie ein stiller, zurückhaltender, leidenswilliger, keine Fragen stellender, bescheidener, zu baldigem Sterben bereiter Mensch zu sein hatte. Sie wurde zu so einem Menschen. Die geistige und körperliche Verbundenheit, die eine Mutter angeblich mit ihrem Kind empfindet, diese Verwirrung darüber, wer wer ist, über Fleisch und Fleisch, diese Unzertrennlichkeit, die angeblich bei Mutter und Kind existiert – all dies fehlte zwischen meiner Mutter und ihrer Mutter. Wie soll man dieses Verlassensein erklären, welches Kind kann es verstehen? Diese geistige und körperliche Verbundenheit, diese Verwirrung darüber, wer wer ist, über Fleisch und Fleisch, die bei meiner Mutter und ihrer Mutter fehlte, fehlte ebenso bei meiner Mutter und mir, denn sie starb in dem Augenblick, als ich geboren wurde, und auch wenn ich mir vernünftigerweise sagen muß, daß sich gegen so etwas nichts ausrichten läßt – denn was läßt sich gegen den Tod ausrichten –, so bleibt doch die Frage: wie kann irgendein Kind so etwas verstehen, solch ein abgrundtiefes Verlassensein? Ich habe mich geweigert, je Kinder zu bekommen.

Und wie mag ihr tatsächliches Leben als Kind zwischen solchen Menschen ausgesehen haben – denn es kann darin keine Freude gegeben haben, keinen Augenblick reiner Muße, in dem sie eine imaginäre Königin eines imaginären Landes hätte sein können, mit einer imaginären Armee, die ein imaginäres Volk eroberte, und solcherlei ist doch der einzige Besitz eines Geistes, der so frei von der Zwangsläufigkeit des Lebens ist, wie es der Geist eines Kindes sein sollte. Sie trug ein Kleid aus fester Baumwolle, ein lose fallendes Kleid, einen Umhang; er bedeckte ihre Arme, ihre Knie, er fiel bis ganz hinunter auf ihre Knöchel. Sie trug ein dazu passendes Tuch um den Kopf, das all ihr wunderschönes Haar vollständig bedeckte.

Wann sah mein Vater sie zum ersten Mal? Es ist möglich, daß er sie zum ersten Mal an einem heiteren, trotzdem leicht dunstigen Dominica-Morgen (so etwas gibt es) sah, als sie ihm, mit einem Bündel auf dem Kopf, auf einem schmalen Pfad entgegenkam, der sich seinen Weg (die Straße) am Rand der Insel (eine große Masse, die aus dem noch größeren Meer ragt) entlang bahnte, und sicherlich wird für ihn ihre Schönheit nicht in der Form ihres Gesichts, der Geschmeidigkeit ihrer Gestalt (das weiß ich nicht, ich kann es mir nur vorstellen) oder einer klugen Wachheit gelegen haben, die er am Ausdruck ihres Gesichts ablesen konnte; nein, sie wird in ihrer Traurigkeit, ihrer Schwachheit, ihrer Längst-schon-Verlorenheit gelegen haben, in dem Zerbröckeln einer Ahnenreihe, in ihrer Niedergeschlagenheit, der falschem Demut, die in Wirklichkeit eine Niederlage war. Er war zu der Zeit nicht länger ein gewöhnlicher, einfacher, grober Handlanger; er trug damals schon eine Uniform, und vielleicht hatte sie sogar einen Streifen oder sonst irgendein Zeichen, das verriet, daß er gebührend grausam und herzlos zu Menschen gewesen war, die es nicht verdienten. Er hatte sich damals schon von Insel zu Insel bewegt und Kinder mit Frauen gezeugt, deren Namen er nicht behielt, die Namen der Kinder wußte er schon gar nicht. Er muß, als er sie sah, das Bedürfnis verspürt haben, sich irgendwo fest niederzulassen. Meine arme Mutter! Doch die Behauptung, es mache mich traurig, daß ich sie nicht kannte, wäre ganz falsch; ich bin nur traurig über die Tatsache, daß es solch ein Leben geben mußte. Jeden Tag muß sie die Frage vor Augen gehabt haben, ob sie leben oder sterben sollte, welches von beidem würde es sein. Der Gedanke, um diese Frau zu werben, wird seine Phantasie nicht belastet haben. Sie wurden in einer Kirche in Roseau getraut, und kaum ein Jahr später wurde sie auf dem Friedhof der Stadt begraben. Die Leute sagen, er habe an diesem Verlust gelitten, dem Verlust der einzigen Frau, die er heiratete; die Leute sagen, es habe ihn gebrochen; die Leute sagen, das Leben sei danach freudlos für ihn gewesen; die Leute sagen, eine große Traurigkeit sei über ihn gekommen und habe zu einem tiefen Glauben an Gott geführt und dazu, daß er ein Geistlicher in seiner Gemeinde wurde. Die Leute sagen das, die Leute sagen diese Dinge, aber die Leute können nicht sagen, daß er sich wegen seines eigenen Leids mit dem Leid von anderen identifizierte und mit ihnen mitfühlte; die Leute können nicht sagen, daß sein Verlust ihn großzügig und herzlich machte, ihn davon abhielt, andere zu übervorteilen, daß die Güte in ihm wuchs und wuchs und seine Fehler, seine Mängel vollständig überdeckte; diese Dinge können die Leute nicht sagen, denn sie wären nicht wahr.

Und diese Frau, deren Gesicht ich nie gesehen habe, nicht einmal im Traum – was dachte sie, welche Gedanken gingen ihr durch den Kopf, als sie diesen Mann zum ersten Mal sah? Es ist möglich, daß er ihr nur wie eine weitere unbezwingbare Macht vorkam, der letzten in ihrem Leben; es ist möglich, daß sie ihn leidenschaftlich liebte.

Es ist traurig, daß dein Leben dir, wenn du nicht als Gott geboren wirst, vom allerersten Augenblick an ein Rätsel ist. Du wirst empfangen; du wirst geboren: Diese Dinge sind wahr, wie sollten sie auch nicht, aber du weißt nichts von ihnen; du mußt sie einfach glauben, denn eine andere Erklärung gibt es nicht. Du bist ein Kind, und du findest die Welt groß und rund, und du mußt einen Platz in ihr finden. Wie das geht, ist ein weiteres Rätsel, und niemand kann es dir genau sagen. Du wirst eine Frau, ein erwachsener Mensch. Gegen allen Augenschein und gegen besseres Wissen setzt du Vertrauen in die Beständigkeit der Dinge, du schenkst ihrer Immergleichheit Glauben. Eines Tages öffnest du deine Tür, du trittst in den Hof hinaus, aber da ist keine Erde, und du fällst in ein Loch, das keinen Boden hat und keine Seiten und keine Farbe. Und das Rätsel des Lochs in der Erde führt zum Rätsel deines Falls; und gerade wenn du dich daran gewöhnt hast, daß du immerzu fällst und fällst, hältst du an; und dieses Anhalten ist nur ein weiteres Rätsel, denn auf die Frage, warum du nicht mehr fällst, gibt es ebensowenig eine Antwort, wie auf die Frage, warum du überhaupt gefallen bist. Wer du bist, ist ein Rätsel, das niemand beantworten kann, nicht einmal du selbst. Und warum nicht, warum nicht!

Die Gegenwart ist immer vollkommen. Wie glücklich ich auch in der Vergangenheit gewesen sein mag, ich sehne mich nicht nach ihr. Die Gegenwart ist immer der Augenblick, für den ich lebe. Nach der Zukunft werde ich mich nie sehnen, sie kommt, oder sie kommt nicht, eines Tages kommt sie nicht mehr. Doch sie baut sich nicht drohend vor mir auf, ich lebe nie in einem Zustand der Vorahnung. Die Zukunft ist nicht einmal wie der schwarze Raum über dem Himmel, mit zwischendurch aufblitzendem Licht; sie ist eher wie ein Zimmer ohne Decke, ohne Boden, ohne Wände, es ist die Gegenwart, die ihr diese Gestalt verleiht, es ist die Gegenwart, die sie umschließt. Die Vergangenheit ist ein Zimmer, voll von Gepäck und Müll und manchmal auch Dingen, die nützlich sind, aber wenn sie wirklich nützlich sind, dann habe ich sie behalten.

Ich heiratete einen Mann, den ich nicht liebte, aber ich hätte nie einen Mann geheiratet, den ich liebte. Ich heiratete den Freund meines Vaters, einen Mann namens Philip Bailey, einen Mann, der gelernt hatte, Kranke zu heilen, und darin hatte er hin und wieder Erfolg, aber wenn, dann auch nur vorübergehend, denn alle erliegen schließlich überall der überwältigenden Stille, die Tod heißt. Er liebte mich, und danach sehnte er sich dann nach mir, und danach starb er dann. Er starb als einsamer Mann, fern von dem Ort, wo er geboren war, fern von allem, was ihn als Kind am Leben gehalten hatte, fern von einer Frau, die ihn vielleicht liebte, seiner ersten Frau. Sie war gestorben, als ich ihn heiratete. Seine Freunde verließen ihn, denn sie merkten, daß seine Gefühle für mich echt waren und er mich liebte. Sie nahmen nicht an unserer Hochzeit teil. Nachdem wir geheiratet hatten, zogen wir weit weg in die Berge, in das Land, in dem meine Mutter und das Volk, aus dem sie stammte, geboren waren.

Zu der Zeit, als ich heiratete, war mein Schoß schon verdorrt, er war verkümmert wie ein Stück alter organischer Masse, die zu lange vernachlässigt wurde. Die anderen Teile meines Körpers verdorrten auch allmählich; es war nicht so sehr meine Haut, die schrumpelte, es war vielmehr die Feuchtigkeit in ihr, die zu verdunsten schien. Ich hatte nie aufgehört, mich selbst zu beobachten, und damals stellte ich fest, daß ich, was ich an körperlicher Anziehungskraft oder Schönheit verloren hatte, an Charakter gewann. Es war überall an mir abzulesen; es gelang mir stets, bei allen, die dazu in der Lage waren, Neugier zu wecken. Man hatte über mich geredet, man hatte mich verurteilt und verdammt. Man hatte mich geliebt, und man hatte mich gehaßt. Ich stand jetzt über allem, es lag alles zu meinen Füßen. Es hieß von mir, ich hätte die erste Frau meines Ehemanns vergiftet, aber das hatte ich nicht; ich stand nur dabei und sah zu, wie sie sich Tag für Tag selbst vergiftete, und versuchte nicht, sie davon abzuhalten. Sie hatte entdeckt – ich hatte ihre Entdeckung herbeigeführt –, daß die großen, weißen Blüten eines sehr schönen Unkrauts, wenn man sie trocknete und einen Tee daraus kochte, ein Gefühl des Wohlbefindens schufen und angenehme Halluzinationen erzeugten. Ich hatte diese Pflanze während einer meiner vielen Erkundungszüge kennengelernt, bei denen ich meinen Schoß von Lasten befreite, die er nicht tragen sollte, Lasten, die ich nicht tragen wollte, Lasten, die eine Folge der Lust, nicht eine Folge der Wahrheit waren; ansonsten aber war diese Pflanze nicht nützlich für mich, denn Gefühle des Wohlbefindens hatte ich nicht nötig, angenehme Halluzinationen hatte ich nicht nötig. Nach und nach wurde ihr Bedürfnis nach diesem Tee immer stärker, und bevor sie starb, ließ er ihre Haut schwarz werden. Sie hatte die längste Zeit ihres Lebens unter Menschen verbracht, deren Haut diese Farbe hatte, und genau aus diesem Grund und aus diesem Grund allein hatte sie sie verachtet; sie wußte nichts von ihnen, außer daß ihre schützende Schale, ihre Haut, von schwarzer Farbe war, und sie mochte sie nicht, doch dies war die Farbe, die sie annahm, bevor sie starb, sie wurde schwarz, und vielleicht wurde sie es auch nicht, aber dennoch, sterben mußte sie in jedem Fall. Häufig berührte mich ihr Leiden, denn sie litt wirklich, aber häufig berührte es mich auch nicht. Bevor sie in ihren endgültigen Traum verfiel, stellte sie immerzu Forderungen, und alle ihre Forderungen gründeten auf ihrer Vorstellung von sich selbst, und ihre Vorstellung von sich selbst gründete auf ihrem Herkunftsland, und das war England. Die Kompliziertheiten in ihrer Vorstellung von sich selbst waren reine Verschwendung; sie war meiner Schwester Mary ziemlich ähnlich. Die Frau meines Ehemanns, dieses anfällige menschliche Wesen, bezog ihr Selbstbewußtsein aus der Macht ihres Herkunftslandes, eines Landes, das zum Zeitpunkt ihrer Geburt die Möglichkeit hatte, über das tägliche Leben von einem Viertel der Weltbevölkerung zu bestimmen, und mit ihrem kleinen Verstand glaubte sie, dieser Zustand sei nicht nur Schicksal, sondern auch ewig, sie besaß keinerlei Gespür für ihre eigenen Beschränktheiten und keinerlei Verständnis für ihre eigene Anfälligkeit. Sie hielt sich selbst für einen Menschen mit Sinn für Werte und Umgangsformen und einer festen Vorstellung von der Welt, so als würde nie etwas Neues passieren, als sei alles zum Stillstand gekommen, als hätte das Leben mit der Ankunft von ihr und ihresgleichen eine derartige Vollendung erreicht, daß alles übrige, alles, was anders war als sie, sich einfach hinlegen und sterben müßte. Sie war diejenige, die sich hinlegen und sterben würde; alles übrige fuhr fort zu sein und würde sich eines Tages ebenfalls hinlegen und sterben, doch irgend etwas noch Undefinierbareres als Eitelkeit, etwas, jenseits von Furcht, vielleicht war es Ahnungslosigkeit, ließ sie glauben, daß die Welt, so wie sie sie kannte, vollkommen war. Doch sie starb und wurde zu Staub oder zu Dreck oder zu Wind oder zu Wasser oder zu was auch immer wir alle werden, wenn wir sterben.

Mein Vater starb ebenfalls, gar nicht sehr lange, nachdem ich seinen Freund heiratete. Was hatte sie zu Freunden gemacht? Mein Vater bewunderte Philips Garten, in dem er Früchte aus den verschiedenen tropischen Regionen der Welt kultivierte, allerdings zwang er sie, eine Größe anzunehmen, die sie normalerweise nicht hatten; manchmal ließ er sie größer wachsen, manchmal machte er bloße Miniaturen aus ihnen. Philip gehörte zu jenen rastlosen Menschen, die die Welt nicht in Ruhe lassen können, die unfähig sind, irgend etwas lange anzuschauen, ohne durch dessen bloßes Vorhandensein in Unruhe zu geraten; Ruhe ist ihnen fremd. Mein Vater hatte ebenfalls einen rastlosen Geist, doch das Schicksal, der Akt der Eroberung, hatte ihn stillgestellt. Er konnte nur auf diesen Mann Philip schauen und zusehen, wie er eine Mango zur Größe eines Erwachsenenkopfs anwachsen ließ, aber dann hatte die Frucht keinen Geschmack mehr, sie war nur schön anzuschauen; dann wendete er viel Zeit daran, die Frucht angenehm für die Geschmacksknospen zu machen. Ich weiß nicht, ob Philip je erfolgreich war; ich habe nie irgendwas von dem gegessen, was er züchtete.

Mein Vater brauchte sehr lange zum Sterben. Er litt große Schmerzen, und sein Leiden ließ mich beinahe an Gerechtigkeit glauben, doch nur beinahe, denn es gibt viel Unrecht, das nichts je wieder recht machen kann, die Vergangenheit der Welt, wie ich sie kenne, ist unumkehrbar. Es mache ihm nichts aus zu sterben, sagte er. Er sprach sehr ergreifend über die Welt des Sterbens und die Welt des Todes, und er sprach sehr ergreifend über das Leben, das er geführt hatte. Ich erkannte das Leben, das er geführt hatte, nicht wieder, als er davon sprach; ich war auch nicht ergriffen. Sein Leben sah selbstverständlich glorreich für ihn aus; hätte es das nicht, dann hätte er sich mit der Inszenierung seiner Reue, einer Vorführung guter Taten, selbst freigesprochen. Alle Menschen, die er ihrer irdischen Güter beraubt hatte, waren tot oder beinah tot, die

Menschen, die ihn seiner irdischen Güter beraubt hatten, die seine eventuellen Bemühungen, ein menschliches Wesen zu sein, vereitelt hatten, waren tot oder würden es irgendwann sein. Trotzdem konnte er, als er im Sterben lag, die ungeheure Menge Land sehen, die er erworben hatte, und auf jedem Quadratmeter vulkanischer Erde wuchsen irgendwelche wertvollen Pflanzen: Kaffee, Vanille, Pampelmusenbäume, Limonenbäume, Zitronenbäume, Bananen. Er besaß viele Häuser in Roseau, und am Ende jeden Monats brachte ihm ein halbtoter Mann – denn mein Vater hatte gegen Ende seines Lebens seine eigenen Handlanger und Kulis, die für ihn arbeiteten – die Miete, die von Bewohnern eingesammelt worden war, die manchmal kaum etwas zu essen hatten. Er starb als reicher Mann und glaubte nicht, daß ihn dies daran hindern würde, die Tore jenes Ortes zu passieren, den er Himmel nannte.

Er fehlte mir, als er gestorben war, und bevor er starb, wußte ich, daß dies so sein würde. Ich hätte gewünscht, daß er mir nicht fehlte, doch es war trotzdem so. Ich hatte meine Mutter nie gekannt, und trotzdem folgte ihr meine Liebe bis in die Ewigkeit. Meine Mutter war gestorben, als ich geboren wurde, sie war unfähig, sich selber in einer Welt zu beschützen, die über jede normale Vorstellung hinaus grausam war, und unfähig, mich zu beschützen. Mein Vater war fähig, mich zu beschützen; doch er tat es nicht. Ich glaube vielmehr, daß er mich, als ich noch sehr klein war, dem Rachen des Todes übergab. Wie ich davonkam, vermag ich nicht zu ergründen. Ich liebte meinen Vater nicht, ich entwickelte allmählich eine Liebe für diese Nichtliebe, und mir fehlte seine Gegenwart, die Verstörung durch diese lieblose Liebe. Er starb. Ich sah, wie das Licht in seinen Augen erlosch, ich sah, wie der Atem seinen Körper verließ, ich fühlte, wie seine warme Haut kalt wurde. Er sah noch eine ganze Weile, noch Stunden, nachdem er gestorben war, genauso aus, wie er als Lebender ausgesehen hatte, er war da, still, und dann sah er wie etwas anderes aus, wie irgendwas anderes, wie alles andere, wenn es tot ist. Er war stillgelegt; sein Körper war stillgelegt, sein Geist war stillgelegt. Das war der Augenblick, als ich begriff, daß der Tod etwas Reales ist; im Vergleich dazu war der Tod meiner Mutter überhaupt kein Tod.

Ich wählte die Kleidung aus, in der mein Vater begraben wurde; es war die Kleidung, die er zur Hochzeit meiner Schwester getragen hatte, ein weißer Anzug aus irischem Leinen. Ich hatte das tun dürfen, hatte seine Kleidung ausgesucht, da seine Frau schon seit langem jedes Interesse an ihm verloren hatte. Meine Schwester gewährte mir diese Ehre wegen des höheren Status, zu dem meine Ehe mir verholfen hatte; Philip gehörte zur Klasse der Eroberer. Sie hatte Respekt davor, vor meiner eigenen Eroberung – so sah sie es –, und sie verachtete mich nur um so mehr deswegen. Daß Philip ohne jedes Leben und ohne Energie war, verbraucht, zu müde selbst für sein Vergnügen, und daß ich ihn nicht liebte, das kam ihr nie in den Sinn; es kam ihr nie in den Sinn, daß meine Ehe eine Art Tragödie darstellte, eine Art Niederlage, allerdings nichts, was die Welt daran gehindert hätte, sich weiter zu drehen – all das kam ihr nicht in den Sinn.

Noch viele Stunden, nachdem er tot war, sah mein Vater aus wie immer; seine Gesichtszüge waren so, wie ich sie an ihm gekannt hatte: Er trug ein schwaches Lächeln im Gesicht, seine Lippen waren leicht geöffnet, seine geschlossenen Augen verschwanden fast in den Hautfalten über seinen Wangen, seine großen Ohren standen vom Kopf ab, auf eine Weise, die peinlich wirkte, wenn man sie nicht mochte, und wunderschön, wenn sie einem gefielen. Ich liebte die Ohren meines Vaters. Seine Haut hatte, kurz nachdem er gestorben war, die Farbe von etwas Nützlichem: von Kochutensilien, Kopra, der Erde oder von einem Tag, frühmorgens, wenn es nicht mehr dunkel ist, aber auch noch nicht richtig hell. Stunden nachdem der letzte Atem seinen Körper verlassen hatte, sah er aus wie die Toten: anonym, ohne Charakter, ohne Individualität. Wenn man ihn nicht gekannt hätte, hätte man nicht sagen können, ob sein Leben sich durch gute oder schlechte Taten ausgezeichnet hatte, überhaupt durch irgendwelche Taten. Er sah aus wie die Toten, er konnte seinen Namen nicht sagen, er konnte keine Rechenschaft ablegen, er konnte sich nicht verteidigen; er gehörte zu jener Welt, der Welt der Toten, einer Welt jenseits des Schweigens; dem Nichts. Als ich ihn so anschaute, spürte ich eine große Traurigkeit. Ich spürte solches Mitleid, denn er war tot; er würde nie wieder laufen, er würde nie wieder sprechen. All die Dinge, die ihm Freude gemacht hatten, all die Früchte seiner bösen Taten hatten keine Bedeutung mehr für ihn; seine Taten waren wie eine Welle mit ihrer Kräuselwirkung, Bedeutung hat sie nur für die Menschen am Ufer, die, ohne es zu wollen, nasse Füße bekommen. Als ich ihn aber so anschaute und sah, daß er tot war, fühlte ich mich auch überlegen, ich fühlte mich durch die Tatsache überlegen, daß ich lebendig war, und er war tot, und obwohl ich wußte und glaubte, daß der Tod auch mein Schicksal war, fühlte ich mich ihm überlegen, als könnte eine solche Demütigung wie der Tod mir niemals widerfahren. Ich war damals ein Kind, denn du bleibst ein Kind, bis die Menschen, die dich auf die Welt gebracht haben, tot sind; du bleibst ein Kind, bis du begreifst und glaubst, daß die Menschen, die dich auf die Welt gebracht haben, tot sind.

Mein Vater wurde begraben. Ich weiß nicht, ob ihn die vollkommene Gleichgültigkeit, mit der die Welt, die er hinterließ, seiner Abwesenheit begegnete, amüsiert hätte.

Ich hatte mein ganzes Leben lang am Ende der Welt gelebt; so war es gewesen, als ich geboren wurde, denn meine Mutter starb, als ich geboren wurde. Doch nun, da mein Vater tot war, lebte ich am Rande der Ewigkeit, es war, als habe mein Leben, noch befrachtet mit seiner alten Bedeutung, ganz plötzlich eine neue Qualität hinzugewonnen. Die zwei Menschen, von denen ich abstammte, waren nicht mehr. Ich hatte niemandem gestattet, von mir abzustammen. Ein neues Gefühl der Einsamkeit überfiel mich da; erst wühlte mich eine Hitze auf, dann wurde ich ruhig durch eine tiefe Kälte. Ich gewöhnte mich an diese Einsamkeit und erkannte eines Tages, daß sie die Dinge enthielt, die ich verloren hatte, und die Dinge, die ich hätte haben können, aber verweigert hatte. Ich begann meinen Vater zu lieben, doch erst, als er tot war, erst in dem Augenblick, als er zwar noch so aussah wie er selbst, aber wie ein Selbst, das keinen Schaden mehr anrichten kann, ein nur noch stilles Selbst, tot; er war wie eine Erinnerung, nicht wie ein Bild, nur wie eine Erinnerung. Und doch ist der Erinnerung nicht zu trauen, denn wie Vieles an den Erfahrungen der Vergangenheit wird bestimmt durch die Erfahrungen der Gegenwart.

Auf meiner Hochzeit trug ich ein Kleid aus rosafarbener Ripsseide. Um den Hals trug ich eine Kette aus ungeschliffenen Perlen, die mein Vater mir geschenkt hatte, eine Kette, von der meine Schwester und ihre Mutter nicht wollten, daß ich sie bekam; sie sagten, sie sei verlorengegangen, doch zum Tag meiner Hochzeit schickten sie sie mir. Mein Ehemann und ich gaben kein fröhliches Paar ab; wir wiederholten sehr ernst das Treuegelöbnis, bis daß der Tod uns scheide. Und der Augenblick unserer irdischen Vereinigung war so deutlich, so gewiß, daß wir ihn fast mit unseren Händen greifen konnten.

Meine Schwester starb. Ihr Ehemann starb. Ihre Mutter starb. Alle Menschen, die mir seit Beginn meines Lebens nahestanden, starben. Sie hätten mir fehlen müssen, doch sie taten es nicht.

Ich war nie sentimental gewesen. Mein Leben begann mit einer Vielfalt von Möglichkeiten: meine Geburt als solche unterschied sich nicht besonders von anderen Geburten; ich war neu, die Seiten meines Lebens waren noch unbeschrieben, sie waren unbefleckt, so sauber, so glatt, so neu. Hätte ich mich damals sehen können, dann hätte ich mir vielleicht vorgestellt, daß meine Zukunft Bände füllen würde. Wieso sollte mir die Welt der Abenteuer für immer verschlossen bleiben: die Entdeckung der Berge, die weiten Meere, die endlosen Kilometer leerer Ebenen, das Universum, die himmlischen Gefilde, ja, selbst die grausame Unterjochung anderer? Wieso sollte großen Missetaten eine tiefe Erlösung folgen, eine Erlösung von solcher Herrlichkeit, so mächtig, daß meine Missetaten mir den Magen umdrehten, aber auch ein wenig wie die naiven, schlichten Taten eines Kindes wirkten? Eben dies war der Fall eines Mannes, der mit menschlichen Körpern handelte und dann ein Lied schrieb, ein Lied, das so berühmt wurde, daß die Nachfahren der menschlichen Körper, mit denen er gehandelt hatte, dieses Lied sonntags in der Kirche mit einer Inbrunst und Aufrichtigkeit sangen, zu der er, der Autor und Missetäter, nicht fähig war. Die Abgründe des Bösen, seine Wirkungen waren mir nur allzu klar: die Befriedigung, der Lohn, das herrliche Gefühl, der Ruhm, die Gefühle von Überschwang und Überlegenheit, die das Böse hervorruft, wenn es aufkommt, das Gefühl der Unbesiegbarkeit – ich hatte all das aus eigener Anschauung erlebt. Alle Straßen haben ein Ende, und alle Enden gleichen einander, sie verschwinden im Nichts; selbst ein Echo verstummt schließlich.

Ich gehöre zu den Eroberten, ich gehöre zu den Besiegten. Die Vergangenheit ist etwas Unveränderliches, die Zukunft hat einen offenen Ausgang; für mich muß die Zukunft weiterhin fähig sein, ein Licht auf die Vergangenheit zu werfen, derart, daß meine Niederlage das Samenkorn meines großen Sieges birgt, meine Niederlage birgt den Beginn meiner großen Rache. Es treibt mich zum Guten, mein Gutes heißt, mir selbst dienen. Ich bin kein Volk, ich bin keine Nation. Ich möchte nur hin und wieder mein Handeln zum Handeln eines Volkes machen, möchte mein Handeln zum Handeln einer Nation machen.

Ich heiratete einen Mann, den ich nicht liebte. Ich tat das nicht aus einer Laune heraus, ich tat das nicht aus Berechnung, doch diese Heirat erwies sich durchaus als nützlich. Sie erlaubte mir, aus meinem Leben etwas Romantisches zu machen, sie erlaubte mir, gelegentlich mitten in der Nacht, wenn ich es nötig hatte, freundlich über mich und all meine Taten zu denken. Romantik ist der Zufluchtsort der Besiegten; die Besiegten brauchen Lieder, um sich zu beruhigen, sie brauchen eine liebliche Melodie, um sich zu beruhigen, denn ihr ganzes Wesen ist eine Wunde; sie brauchen ein weiches Bett, um darin zu schlafen, denn ihr Wachzustand ist ein Alptraum, die Träume der Nacht sind ihre Wirklichkeit. Ich heiratete einen Mann, den ich nicht liebte, doch das Wort »Liebe«, diese Idee der Liebe –, was konnte sie für mich heißen, was sollte sie für mich heißen? Ich wußte es nicht, und trotzdem hätte ich ihn gerettet, ich hätte ihn vom Tod gerettet, ich hätte ihn von einem Tod gerettet, den ich selbst nicht gutgeheißen hatte, ich hätte ihn gerettet, wenn er Rettung je benötigt hätte, solange sie nicht die Rettung vor mir bedeutete. War dies dann eine Form der Liebe, eine unvollständige Liebe oder ganz und gar keine Liebe? Ich wußte es nicht. Ich glaube, mein ganzes Leben war ohne so etwas, ohne Liebe, die Sorte Liebe, an der du stirbst, oder die Sorte Liebe, die dich ewig leben läßt, und wenn dies in Wirklichkeit nicht zutraf, so bin ich dennoch von etwas anderem nicht zu überzeugen.

Und dieser Mann, den ich heiratete, gehörte zu den Siegern, und dieser Zustand, der Zustand des Eroberers, war so sehr ein Teil von ihm, daß ihn nur ein Geschichtsbuch an jene Zeit hätte erinnern können, als er vielleicht noch etwas anderes war, etwas wie ich, die Eroberte, die Besiegte. Wenn er zum Nachthimmel hochschaute, war dieser verschlossen; das war auch der Mittagshimmel, verschlossen; die Gewässer waren verschlossen, der Boden, auf dem er wandelte, war verschlossen. Er besaß keine Zukunft, er besaß nur die Vergangenheit, so lebte er; es war keine Vergangenheit, für die nur er verantwortlich war, es war eine Vergangenheit, die er geerbt hatte. Er erhob keinen Einspruch gegen das Erbe; es war ein gutes Erbe, nur machte es nicht glücklich; und seine Antwort auf solch eine Behauptung wäre korrekt gewesen: Was macht schon glücklich? In dem Augenblick, da ein Eroberer solch eine Frage stellt, steht seine Niederlage fest. Es war genau solch ein Augenblick im Leben meines Ehemanns, in dem ich ihm begegnete, der Augenblick, da die Niederlage feststand, seine eigene, die des Volkes, aus dem er kam. Ich könnte sagen, er liebte mich, wenn ich es nötig hätte, zu hören, daß ich geliebt wurde, doch ich werde es nie sagen. Er fing an, für das Geräusch meiner Schritte zu leben, so machte ich beim Gehen oft kein Geräusch; er liebte den Klang meiner Stimme, so sagte ich oft tagelang kein Wort; ich erlaubte ihm, mich zu berühren, als mich schon längst die Berührung von niemandem mehr erregen konnte.

Er und ich, wir lebten unter diesem Bann, dem Bann der Geschichte. Ich trug die Farbe Schwarz, die Farbe der Trauernden. Ich kleidete ihn in die Farben der Neugeborenen, der Unschuldigen, der Schwachen, der Jugend: in Weiß, Blaßblau, Blaßgelb und alles, was ausgeblichen war; es waren nicht die Farben irgendeiner Flagge. Jeden Morgen lagen auf der einen Seite die großen Berge vor uns, bedeckt mit ewigem Grün, auf der anderen Seite lag die große Menge grauen Meeres vor uns. Der Himmel, der Mond, die Sterne, die Sonne an diesem Himmel – nichts von alledem stand unter dem Bann der Geschichte, nicht seiner Geschichte, nicht meiner, nicht der von irgendwem. Ach, wäre man Teil von so etwas, wäre man Teil von irgend etwas, was außerhalb der Geschichte ist, wäre man Teil von etwas, was sich dem Wink einer menschlichen Hand zu verweigern vermag, dem Schlag eines menschlichen Herzens, dem Blick eines menschlichen Auges, ja, selbst dem menschlichen Verlangen. Und jeden Tag schritt er den Boden ab, auf dem er lebte; er blieb ihm immer fremd, dieser Boden, auf dem er fast sein ganzes Leben verbracht hatte. Er stolperte, er kannte dessen Beschaffenheit nicht, er bekam nie ein Gespür für ihn; er war nicht auf ihm geboren, er starb nur auf ihm und bat darum, mit dem Gesicht nach Osten begraben zu werden, dorthin, wo das Land lag, in dem er geboren worden war; er stolperte, wenn er das Gelände abschritt und zu einem Ort kam, wo der Boden sich spaltete, zu einem Abgrund, einem Schlund, doch selbst der war ihm verschlossen, der Abgrund war ihm verschlossen. Wenn ich ihn so sah, wie er in eine Spalte der Erde starrte, dann erfaßte mich kein Mitleid; keine Geste, die er dann machte, wenn er sich mit den Händen durch sein spärliches Haar fuhr, sich das Kinn strich, seine Schultern oder seine Brust mit den Armen umschlang, nichts von alledem brachte mich dazu, sein gesamtes Dasein als etwas zu betrachten, was mir sein Leiden real machte. Ich war dazu fähig, ich hätte sein Leiden für mich real machen können, doch das erlaubte ich mir nicht.

Er sprach mit mir, ich sprach mit ihm; er sprach englisch mit mir, ich sprach Patois mit ihm. Auf diese Weise verstanden wir einander viel besser, denn wir benutzten die Sprache unserer Gedanken. Wenn er mit mir sprach, war seine Stimme leise, als ob auch er hören wollte, was er denn sagte. Seine Stimme war zärtlich, manchmal hatte sie den Klang eines Flusses, auf den man überraschenderweise an einem Ort stößt, den man nie vergessen kann. Als ich jung war, als er mir zum ersten Mal begegnete, als er noch nicht wußte, daß meine Anwesenheit in seinem Leben von Dauer sein würde, gefiel es ihm, wie meine Zähne bei einem bestimmten hellen Licht aufblitzten, er tat alles mögliche, damit mein Mund offen blieb; er brachte mich zum Seufzen, er brachte mich zum Sprechen, doch er konnte mich nicht zum Lachen bringen, für ihn öffnete ich meinen Mund nicht zum Lachen. Ihm beim Essen zuzusehen, war jedesmal ein abstoßendes Schauspiel für mich; ich hatte jedoch schon längst gelernt, mich nicht mehr davon überraschen zu lassen, als ich feststellte, daß viele Dinge, die mich daran erinnerten, daß auch er ein menschliches, schwaches Wesen war, ein heftiges Gefühl der Wut in mir aufsteigen ließen; denn wenn auch er ein Mensch war, würden dann nicht alle, die wie er waren, Menschen sein, und wo würde ich da bleiben und alle, die wie ich waren?

Er war kein kultivierter Mann, kein Mann von Bildung. Er wußte viele Dinge, aber nicht aus eigener Erfahrung; er wußte Dinge, die einen Extrakt, ein Konzentrat aus den Erfahrungen vieler Menschen darstellten, die er alle nicht kannte, doch ich konnte ihn dafür nicht verurteilen; wie unnormal ist es denn, Überzeugungen Glauben zu schenken, die ihren Ursprung in Menschen haben, denen man nie begegnen kann und wird – und sogar für diese Überzeugungen zu sterben? Er war ein Erbe, und, wie für alle solche Menschen, war ihm der Ursprung dieses Erbes eine Last. Er war kein unwissender Mann, er besaß einen Sinn für Gerechtigkeit, einen Sinn dafür, was richtig und was falsch sein könnte. Er war sogar ein Mann mit einigem Mut; er konnte sich selber verurteilen. Sich selber verurteilen heißt allerdings, sich selber verzeihen, und sich seine Missetaten verzeihen, die man an anderen begangen hat, ist kein Recht, das irgend jemand für sich beanspruchen könnte.

Kurz vor unserer Heirat und kurz nach unserer Heirat wohnten wir in Roseau, der Hauptstadt von Dominica. An Orten wie Roseau werden Kriege geführt, doch es gibt keine Siege, nur ein Unentschieden, nur ein Bis-zum-nächsten-Mal. Wir zogen von Roseau fort, in einer Geistesverfassung, einer Friedlichkeit, die fast schon göttlich war, denn sie hatte nichts mit einer Entscheidung und nichts mit einem Drang zu tun. Wir zogen an einen Ort, der hoch über den Bergen lag, aber nicht auf dem Gipfel des höchsten Berges. Es war ein Platz zum Ausruhen. Wir waren müde; wir waren es müde, wir selbst zu sein, wir waren unseres Erbes müde. Er betete mich an, er liebte mich; daß ich diese Dinge nicht verlangte, verstärkte nur seine Gefühle für mich. Er glaubte, ich ließe ihn seine Vergangenheit vergessen; er besaß keine Zukunft, er wollte nur in der Gegenwart sein, jeder Tag war heute, jeder Augenblick war jetzt. Doch wer kann die Vergangenheit wirklich vergessen? Nicht der Sieger und nicht der Besiegte, denn selbst wenn Worte verboten sind, gibt es andere Möglichkeiten, daß Erinnerung sich verrät: der ungehörige Blick; der Wink einer Hand, der das genaue Gegenteil des freundlichen Hallo oder des freundlichen auf Wiedersehen meint. Oder wenn man allein auf einem Stuhl in einem Zimmer sitzt, wenn man sich allein glaubt und seinem Geist gestattet, nach einem Ruheplatz zu fahnden, und keinen findet (denn so etwas gibt es nicht, nur im Tod, nur im traumlosen Schlaf) – diese Wahrheit verrät sich im Gesicht, sogar in der Haltung des Körpers.

Wer kann vergessen? Dieser Mann, mit dem ich viele Jahre zusammenlebte und ohne den ich eine lange Zeit danach lebte, versammelte um sich verschiedenste Dinge. Sein Leben, seine Herkunft hatten ihn von einer bestimmten Wahrheit überzeugt, und diese Wahrheit gründete auf Auslese, so daß er nur, was überlebte, für wertvoll hielt. Er und alle, die wie er waren, hatten überlebt, bis jetzt. Er schaute auf das Land, das er bewohnte, er fällte Entscheidungen, seine Entscheidungen betrafen nur, was ihm gefiel, seine Vorstellung von dem, was vielleicht schön war, und dann das, was schön war. Er rodete das Land; nichts, was darauf wuchs, weckte irgendein Interesse in ihm. Der Blütenstand, sagte er, war nicht bedeutsam; und das Wort »Blütenstand« sagte er mit einem Nachdruck, als habe er die Blütenstände selbst erschaffen, worauf ich so herzlich lachen mußte, daß ich für einen Augenblick das Bewußtsein meiner selbst verlor. Er nahm Glasplatten, klebte sie aneinander und machte Kästen daraus, in die er etwa eine Eidechse, einen Krebs setzte, deren Lebensraum das Land war – nicht das Meer, nicht beides, nur das Land; in einen Kasten aus Glas setzte er eine Schildkröte, deren Lebensraum das Land war, nicht das Meer, nicht beides, nur das Land; in einen Kasten aus Glas setzte er einen kleinen Frosch nach dem anderen; sie starben, erstarrt in der Ruhepose, die typisch ist für einen Frosch und die seine Feinde verwirren soll. Er machte lange Listen unter der Überschrift *Gattung*, er machte lange Listen unter der Überschrift *Art.* Von Zeit zu Zeit ließ ich all die Lebewesen, die er in Gefangenschaft hielt, frei und ersetzte sie durch entsprechende, durch dieselbe Sorte: Die eine Eidechse wurde durch eine andere Eidechse ersetzt, der eine Krebs durch einen anderen Krebs, der eine Frosch durch einen anderen Frosch; ich bekam nie heraus, ob er wußte, daß ich das tat. Er war so sehr davon überzeugt, daß all die Dinge, die er wußte, korrekt waren, nicht, daß sie wahr waren, sondern daß sie korrekt waren. Die Wahrheit hätte ihn zugrunde gerichtet, die Wahrheit ist immer so voller Ungewißheiten.

Und als ich dann eine richtige Waise war – mein Vater war schließlich gestorben, und er starb, ohne mich gekannt zu haben, ohne je in einer Sprache mit mir gesprochen zu haben, der ich trauen konnte, einer Sprache, in der ich die Dinge, die er sagte, glauben konnte –, als ich also eine richtige Waise war, wurde ich über der Erkenntnis, wie einsam ich in der Welt gewesen war und um wieviel mehr ich es noch sein würde, ganz friedlich. Mein ganzes bisheriges Leben lang, all die siebzig Jahre, hatte ich den Augenblick gefürchtet, wenn ich allein sein würde; die zwei Menschen, von denen ich abstammte, die zwei Menschen, die mich gemacht hatten, waren tot; am Ende kam dann aber ein großer Frieden über mich, eine Ruhe, die kein Verstummen, kein Einverständnis war, sondern einfach ein Gefühl des Friedens, eine Festigkeit. Ich war allein, und ich hatte keine Angst, ich nahm es hin, so wie ich alles hinnahm, was als Wahrheit zu mir gehörte: meine zwei Hände, meine zwei Augen, meine zwei Füße, meine zwei Ohren, alle meine Sinne, alles, was über mich zu wissen war, und alles, was ich nicht wußte. Daß ich allein war, war jetzt etwas Wahres. Diese Tatsache besaß keinen beigehefteten Zusatz, ein metaphorischer Asterisk war nicht Teil dieser Feststellung. Es gab kein Nebenher. Ich war allein auf der Welt.

Der Mann, mit dem ich verheiratet war, mein Ehemann, war ebenfalls allein, doch er nahm es nicht hin, er hatte nicht die Stärke dazu. Er suchte Halt im Lärm der Welt, in die er geboren worden war, in den Eroberungen, der erfolgreichen Zerstörung der Welten von anderen Völkern, Völkern, deren Dasein er und die, die so waren wie er, nicht verstehen konnten, und statt sich vor solch einer Unbegreiflichkeit zu verneigen, erhoben sie ihre Häupter und mordeten. Er beschäftigte sich nun mit den Toten, er ordnete die Bücher in seinem Regal, stellte sie wieder um, ordnete sie neu, historische, geographische, naturwissenschaftliche, philosophische, spekulative Werke: keines vermochte ihm Frieden zu schenken. Er lebte nun in einer Welt, deren Sprache er nicht sprach. Ich vermittelte für ihn, ich übersetzte für ihn. Ich sagte ihm nicht immer die Wahrheit, ich sagte ihm nicht immer alles. Ich verstellte ihm den Eintritt in die Welt, in der er lebte, schließlich verstellte ich ihm den Eintritt in alle Welten, die er kennengelernt hatte. Er wurde zu all den Kindern, deren Geburt ich verweigerte, manche waren von ihm gezeugt, manche waren von anderen gezeugt. Ich überwachte auch sein Ende. Ich schenkte ihm eine freundliche, schöne Beerdigung, auch wenn es ihm gleichgültig sein konnte. Was läßt die Welt sich drehen? Er hatte nie eine Antwort auf solch eine Frage gebraucht.

Hat je zwei Menschen so viel Traurigkeit umgeben? Allerdings nicht dieselbe Art von Traurigkeit, denn sie entstammte nicht derselben Quelle, diese Traurigkeit. Sein Leben, der äußere Teil dieses Lebens, war voller Siege, kaum ein Verlangen, das sich nicht erfüllen ließ, dazu die Macht, die Welt so zu gestalten, wie er sie haben wollte. Und doch – oh, und doch –, wie ist es möglich, daß man so in die Irre gehen kann? Man kann auf vielen Wegen in die Irre gehen. Alle Wege sind Irrwege. Wieviel Mitleid sollte ich ihm also gönnen? Konnte man ihm verübeln, daß er glaubte, die erfolgreichen Taten seiner Vorfahren gäben ihm das Recht, in beispielloser und allmächtiger Manier zu handeln, und das ohne jede Konsequenz? Er glaubte an eine Rasse, er glaubte an eine Nation, er glaubte an all dies so sehr, daß er diese Sphären auch verlassen konnte; am Ende seines Lebens wollte er nur bei mir sterben, obwohl ich nicht seine Rasse war, obwohl ich nicht seiner Nation angehörte.

Wer war ich? Meine Mutter starb in dem Augenblick, als ich geboren wurde. Wenn du geboren wirst, bist du noch gar nichts. Diese Tatsache, daß meine Mutter in dem Augenblick starb, als ich geboren wurde, erhielt eine zentrale Bedeutung in meinem Leben. Ich erinnere mich nicht, seit wann ich von dieser Tatsache meines Lebens wußte, ich erinnere mich nicht, wann ich diese Tatsache meines Lebens nicht wußte; vielleicht war es in dem Augenblick, als ich meine eigene Hand wiedererkennen konnte, und andererseits kann ich mich an keinen einzigen Augenblick erinnern, in dem ich nicht alles vollständig über mich wußte. Mein Körper ist jetzt still; wenn er sich bewegt, bewegt er sich innerlich, er schrumpft in sich selbst zurück, verwelkt wie eine Frucht, die am Stamm stirbt, er verfault nicht wie eine Frucht, die gepflückt worden ist und ungegessen auf einem schmutzigen Teller liegt. Jahrein, jahraus schwoll mein Körper jeden Monat leicht an, er äffte Mutterschaft nach, sehnte sich nach Empfängnis, betrauerte den Entschluß meines Verstandes und meines Herzens, nie ein Kind zu gebären. Ich weigerte mich, einer Rasse anzugehören, ich weigerte mich, eine Nation anzunehmen. Ich wollte nur die Menschen beobachten, die das tun, und ich will es immer noch. Ich hatte nicht den Mut, das Verbrechen dieser zwei Identitäten, die ich heute besser denn je kenne, auf mich zu laden. Bin ich dann also Nichts? Das glaube ich nicht, aber wenn Nichts eine Verurteilung ist, dann würde ich liebend gern verurteilt.

Ich höre jetzt das Geräusch von sehr viel Leere. Eine Bewegung meines Kopfes nach rechts, eine nach links; ich höre sie: ein leichtes Sausen, sie wartet darauf, daß sie größer wird, wartet darauf, mich einzuhüllen. Sie macht mir keine Angst, macht mich nur immer neugieriger. Ich möchte nur alles von ihr wissen, damit ich mir eines Tages selber die Geschichte meines Lebens in ihr erzählen kann. Das ist kein Vergnügen. Alles zu wissen ist eine Unmöglichkeit, doch nur das würde mich zufriedenstellen. Die Vergangenheit umzukehren würde mich vollkommen glücklich machen. Solch ein Ereignis – denn das wäre es, ein Ereignis – würde meine Welt auf die Füße stellen; sie steht heute und sie steht schon sehr lange Zeit auf dem Kopf. Einmal sagte ich dies in einem Augenblick äußersten Leichtsinns zu meinem Ehemann – Leichtsinn, weil ich ihm, indem ich ihm Zutritt zu meinen innersten Gedanken gestattete, einen kleinen Anhaltspunkt zum Verständnis von mir gab. Ich sagte einmal zu ihm, daß ich auf dem Kopf geboren wurde, in dem Augenblick, als ich die Welt zum ersten Mal erblickte, war sie verkehrt herum, und er sagte lachend, daß alle so auf die Welt kommen. Ich war nicht alle, und ich freute mich, als ich merkte, daß er es nicht begriff. Er lachte, als er mir dies sagte, ich lachte, als er mir dies sagte. Als er lachte, öffnete sich sein Gesicht vor Vergnügen, es dehnte sich, als wolle es bersten; doch als er mein Vergnügen an seinem Vergnügen bemerkte, begriff er seinen Fehler; wir konnten nicht beide zur selben Zeit glücklich sein. Das *Leben*, die *Geschichte*, oder wie immer es heißt, hatten so etwas unmöglich gemacht. Er wurde nie verbittert, es gab keine Mühsal in seinem Leben, seine Enttäuschungen nahm er nicht wahr. Sein Leben verdunkelte sich, sein Auftritt ging zu Ende. Als ich ihn so sah, wie er am Rand einer Klippe stand, die nach Osten zeigte, in die Richtung, in der er begraben werden wollte, wie er da ganz am Rand stand, kühn, aber immer noch sicher, wie ein Vogel, nicht wie ein Raubvogel, sondern wie jene schlichten gefiederten Wesen, die in Kindern Liebe und Phantasie wecken, da hätte ich ihn gern gestoßen, in den Abgrund hinunter, aber nicht aus entschlossener Wut, sondern mit einem leichten Antippen, wie bei einem Wiedererkennen, wie von einem Freund, so als wollte ich zu ihm sagen: Du warst nicht die große Liebe meines Lebens, und deshalb verstehe ich dich vollkommen, und diese Empfindung ist ungewöhnlich und gehört einzig und allein mir. Ahhh!

Dieser Bericht über mein Leben ist ebensosehr ein Bericht über das Leben meiner Mutter wie ein Bericht über mein eigenes Leben, und darüber hinaus ist er auch ein Bericht über das Leben der Kinder, die ich nicht hatte, so wie es ihr Bericht über mich ist. In mir ist die Stimme, die ich nie hörte, das Gesicht, das ich nie sah, das Wesen, von dem ich herkomme. In mir sind die Stimmen, die aus mir hätten herauskommen sollen, die Gesichter, denen ich nie erlaubte, sich zu bilden, die Augen, denen ich nie erlaubte, mich zu sehen. Dieser Bericht ist ein Bericht über den Menschen, dem es nie erlaubt war, zu sein, und ein Bericht über den Menschen, der zu werden ich mir selber nicht erlaubte.

Die Tage sind lang, die Tage sind kurz. Die Nächte sind eine Leere; sie horchen auf etwas, doch ich lehne es ab, mich damit vertraut zu machen. Für jene Phase der Zeit, die Tag heißt, bekunde ich Gleichgültigkeit; so etwas ist Eitelkeit, aber eine, die nur ich kenne; alles, was unpersönlich ist, habe ich persönlich gemacht. Weil ich nicht wichtig bin, nicht wichtig sein möchte, aber ich bin trotzdem wichtig. Ich möchte dem Ding begegnen, das größer ist als ich, dem Ding, dem ich mich unterwerfen kann. Es ist nicht in einem Geschichtsbuch, es ist nicht das Werk von irgend jemandem, dessen Name über meine Lippen kommen kann. Der Tod ist die einzige Wirklichkeit, denn er ist die einzige Gewißheit, unentrinnbar für alle Dinge.

Jamaica Kincaid

# *Lucy*

Roman

*Aus dem Amerikanischen von Stefanie Schaffer-de Vries*

Band 11973

»Ein Elementargeist ist zu entdecken« - so formulierte Karl Krolow seine Einladung, Jamaica Kincaid zu lesen. In *Lucy* wird die Geschichte einer Neunzehnjährigen erzählt, die zum ersten Mal von den Westindischen Inseln weg – und als Au-pair-Mädchen nach New York kommt, zu dem wohlhabenden Ehepaar Mariah und Lewis und deren vier Töchtern. In einer Reihe von Impressionen und Reminiszenzen wird eine sehr verletzte, aber auch eine sehr mutige und sensible Lucy vorgestellt – in der schmerzvollen Beziehung zu ihrer Mutter, ihren ersten Beziehungen mit Männern und ihren mühsamen Versuchen, sich zwischen den Ansprüchen der Eltern und der eigenen Verwirrung zurechtzufinden. Schmerz und Zorn lassen sie Distanz halten und aus dieser Distanz heraus mit unerbittlicher Klarheit ihre Umwelt erkennen. Leben bedeutete für Lucy bisher eine Serie von Verlusten. Irgendwann hat sie gelernt, diese Verluste zu akzeptieren, wird das Weiterziehen für sie zur zweiten Natur.

Fischer Taschenbuch Verlag

fi 231 / 7